Dahinten wird's schon wieder hell

INA SPROTTE

Dahinten wird's schon wieder hell!

INSELROMAN

BOYENS

Zum Örtchen Friesum:

Aufmerksamen Sylt-Liebhabern wird es natürlich nicht entgehen: Die kleine Gemeinde Friesum, in der mein Roman hauptsächlich spielt, wird man auf Sylt nicht finden. Sie ist ein Werk meiner Fantasie und vereint in sich Elemente aus den verschiedensten Orten der Insel.
Wer sich gut auskennt, kann aber den Beschreibungen im Buch entnehmen, wo sie sich befinden würde, wäre sie nicht fiktiv: Das idyllische Friesum läge auf dem Gelände des Campingplatzes und des Wäldchens im Süden Westerlands, direkt hinter den Dünen.
Hierhin möchte ich Sie auf den nächsten Seiten gerne einladen: garantiert strandnah und kurabgabefrei!

Ihre Ina Sprotte

BOYENS
BUCHVERLAG

ISBN 978-3-8042-1413-2

2. Auflage 2015
© 2015 by Boyens Buchverlag GmbH & Co. KG, Heide
Alle Rechte vorbehalten
Titelbild: Entspannen im Strandkorb © greenpapillon – Fotolia
Druck: CPI – Clausen & Bosse, Leck
Printed in Germany

Sommer 1996: Eingequetscht wie eine Sardine in der Büchse zwischen meiner Mutter auf der linken und meinem Vater auf der rechten Seite, saß ich, die vierzehnjährige Daniela „Danni" Fischer, seit einer gefühlten Ewigkeit fröstelnd in unserem Strandkorb am Westerländer Hauptstrand.

Über uns kreischten die Möwen fröhlich im Wind, während sich ein Wolkenfeld nach dem anderen vor die Sonne schob und so den am Strand ausharrenden Gästen unbarmherzig die so dringend benötigte Wärme stahl.

Grimmig schaute ich nach rechts, wo mein Vater, nur mit einer Badehose und dunklen Sonnengläsern bekleidet, gerade euphorisch gen Horizont zeigte:

„Siehst du, Kind, dahinten wird's schon wieder hell! Das ist hier so, das Wetter wechselt so schnell wie ihr Teenager eure Laune."

Kopfschüttelnd schauten meine Mutter und ich uns an, hörten wir diesen Spruch doch weder zum ersten, noch – da waren wir uns in diesem Moment sicher – zum letzten Mal. Mein Vater würde den von purer Hoffnung geprägten Satz an diesem weniger hoffnungsvollen Tag noch zigmal wiederholen … und die Sonnenmilch mit für damalige Verhältnisse völlig normalem Lichtschutzfaktor acht trotzdem ungenutzt in der bunten Strandtasche bleiben.

Ich wollte sowieso nicht dort sein. Nicht auf der Insel und schon gar nicht gemeinsam mit meinen Eltern in so einer ollen Touri-Nussschale am Strand. Noch dazu bei einem Wetter, das andere Urlauber bereits in ihre neongrünen Übergangsjacken trieb.

Als Jugendliche hatte ich weiß Gott andere Dinge im Kopf als die Schönheit der Insellandschaft oder die Gezeiten, über die mein Vater stundenlang referieren konnte.

Eins dieser „Dinge" hieß Tobi, ging in meine Parallelklasse und war natürlich nicht mit auf dieser gottverdammten Insel, sondern verbrachte die Sommerferien mit unserer Clique zu Hause in Lübeck. Also hatte ich mir fest vorgenommen, konsequent zu schmollen. Sollten meine Eltern ruhig merken, wie uncool und gemein es doch von ihnen war, ihre quasi erwachsene Tochter zu diesem Familienurlaub zu zwingen.

„Dahinten wird's jetzt aber wirklich hell! Siehst du, Danni, da ganz hinten am Horizont", unterbrach mein Vater meine altersgerecht depressiv-angehauchten Gedankengänge. Augenverdrehend setzte ich mir meine Kopfhörer auf und startete den Walkman. Als die ersten Zeilen von „Back for good" erklangen, schloss ich die Augen und wünschte mir zum ersten Mal in meinem Leben, dass die Schule bald wieder beginnen würde.

Heute mit 32 hatte ich mir das Schmollen weitestgehend abgewöhnt, brachte es mich doch bei meinen Eltern schon damals nicht wirklich weiter.

Auch in meinem Beruf als Hotelfachfrau hatte es wenig Sinn, unfreundlichen oder ungerechten Gästen mit einer hervorgeschobenen Lippe zu begegnen. Nein, in meinem Job waren Einfühlungsvermögen und Diplomatie gefragt und dieses Spiel beherrschte ich zu meiner eigenen Zufriedenheit inzwischen ausgesprochen gut.

So war es mir auch gelungen, mich in dem Lübecker Hotel „HanseZeit" hochzuarbeiten. Nachdem ich meine ersten Jahre im Zimmerservice und im Restaurant fristen musste und erst später zur Rezeptionistin aufstieg, bildete ich mich mittels Fernstudium weiter und hatte nunmehr als Empfangschefin über deutlich mehr zu entscheiden, als über die täglich wechselnde Falttechnik der Servietten im Restaurant.

Ich wurde sogar in die Geschäftsführung mit eingebunden und mein Chef wandte sich in vielen Dingen vertrauensvoll an mich. Dass es sich dabei oft um Angelegenheiten handelte, an deren Bearbeitung er selbst kein gesteigertes Interesse hegte, wollte ich mal nicht persönlich nehmen.

Ich liebte die Arbeit in unserem Hotel einfach.

Das Haus lag in der Lübecker Altstadt, eingerahmt von vielen historischen Gebäuden im Stil der Backsteingotik, wie sie in Hansestädten typisch war. Manche von ihnen sogar so historisch, dass ich mich von Zeit zu Zeit dabei erwischte, wie ich plötzlich mitten auf der Straße stehen blieb, ganz der Meinung, eines von ihnen würde mir gleich seine Geschichte erzählen wollen.

Unser Hotel hatte auch schon viele Lenze auf dem Buckel und krümmte sich unter der Last der Jahrhunderte. Wer das Haus betrat, fühlte sich zurückversetzt in die Zeit, in der Salz noch wie Gold gehandelt wurde und Holzschiffe oder Kutschen als Transportmittel dienten.

Zwar war die „HanseZeit" vor wenigen Jahren grundsaniert worden, doch hatte man es, dem Himmel sei Dank, geschafft, den Charme vergangener Tage zu erhalten. So genossen, laut unserer Beschreibung bei Holidaycheck & Co, „Städtereisende und Geschäftsleute die Kombination aus hanseatisch-klassischem Ambiente und modernem Komfort".

Mein Lieblingsplatz im Hotel war unsere Suite im Giebel des Gebäudes. Von hier aus hatte man einen fantastischen Blick auf die Marienkirche, welche Gott mit Sicherheit als bevorzugte Bleibe nutzte, wenn er gerade mal in Lübeck weilte.

Hierhin zog ich mich gerne diskret zurück, wenn das Zimmer nicht vermietet war, und genoss die Aussicht: Lübeck war für mich mehr als nur eine Stadt mit besonders vielen Türmen und alten Bauten. Schon in meiner Kindheit hatte ich die verwinkelten Gassen mit ihren schrägen Gemäuern lieb gewonnen und in den schmalen Twieten mit meinem vier Jahre älteren Bruder Verstecken gespielt. Niemals hätte ich in Erwägung gezogen, meine Heimat zu verlassen.

Bis zu diesem Sonntagmorgen …

Kaum hatte ich in meiner Dienstkleidung, einem leicht spießigen Kostüm mit marineblauem Rock und passender Bluse, meinen Posten an der Rezeption bezogen, klingelte das Telefon.

Wie gerne hätte ich zuerst meinen köstlich duftenden Kaffee genossen, aber am penetranten Klingeln konnte ich erkennen, dass das Anliegen wohl keinen Aufschub duldete.

Die störende Person am anderen Ende entpuppte sich als mein Chef, Herr Grotelüschen, der mich in sein Büro beorderte.

„Sofort!", hatte er gesagt. Das konnte nichts Gutes bedeuten. Und überhaupt, was machte der an einem Sonntagmorgen hier? Normalerweise genoss er doch eines seiner endlosen Golfspiele auf so einem Schicki-Micki-Platz am Timmendorfer Strand. Soviel ich wusste, hatte er sogar bei der Geburt seiner ältesten Tochter zuerst seine elitäre Runde beendet, bevor er schließlich mit wehenden Fahnen in die Lübecker Uniklinik eilte … Ui, das konnte wirklich nichts Gutes bedeuten.

Ich machte mich auf das Schlimmste gefasst, straffte die Schultern und begab mich auf den Weg zu seinem Büro im hinteren Bereich des Hauses.

Hoffentlich hatte er nicht herausgefunden, dass es meine Idee gewesen war, dem Hochzeitspaar letzte Woche Rosenblüten übers Bett zu streuen. Unglücklicherweise hatte sich nämlich herausgestellt, dass die

Braut höchstgradig allergisch auf alles reagierte, was bei „Jeopardy" in die Kategorie „Flora und Fauna" eingeordnet würde.

Aber so schlimm war es ja nun auch wieder nicht.

Schon morgen würde sie aus der Klinik entlassen werden können und laut der Ärzte hinterließen die eiternden und juckenden Pusteln, die sich auf ihrem gesamten Körper ausgebreitet hatten, nicht einmal Narben.

Den Spruch: „Bis Sie verheiratet sind, ist das wieder verheilt" hatte ich mir trotzdem lieber verkniffen.

Schaudernd bei dem Gedanken an diesen grässlichen faux-pas klopfte ich an die Tür des Chefs.

Gewohnt aufgehübscht thronte er hinter seinem massiven Schreibtisch und blickte von einem Berg an Broschüren und Papieren auf.

Ich suchte in seinem Blick Hinweise auf seinen Gemütszustand:

Die Mundwinkel waren schonmal entspannt. Oder konnte ich da etwa sogar eine Tendenz nach oben erkennen? Und was war das für ein Leuchten in seinen Augen? Nein, so sah Herr Grotelüschen nicht aus, wenn einer seiner berüchtigten Wutanfälle anstand.

Also Entwarnung – durchatmen Danni! Ich entspannte mich merklich und schenkte meinem Chef ein, so hoffte ich, entwaffnendes Lächeln:

„Guten Morgen, Herr Grotelüschen. Was kann ich für Sie tun?" gab ich mich betont geschäftsmäßig und erschrak tierisch, als mir mein Chef daraufhin, ohne ein Wort zu verlieren, einen dicken Prospekt unter die Nase pfefferte. Damit hatte ich nicht gerechnet. Laut meinem Bio-Rhythmus war es noch viel zu früh, um ungefährliche Situationen auch als solche einzuschätzen. Mein Puls schnellte sofort wieder in ungeahnte Höhen. „Hotel DünenZeit, Sylt" prangte es mir in geschmackvoll geschwungenen Lettern entgegen. Ich starrte auf das Cover und versuchte angestrengt, einen klaren Gedanken zu fassen. Sollte ich damit etwas anfangen können?

Schnell ging ich die Meetings der vergangenen Wochen durch. Mist, warum wanderten meine Gedanken auch ständig aus dem Fenster, wenn ich der Meinung war, das Thema sei zu banal, um die Aufmerksamkeit der geschätzten Danni Fischer wert zu sein?

Ich spürte Herrn Grotelüschens Augen auf mir ruhen und begann geschäftig, in den Seiten zu blättern, um Zeit zu gewinnen.

Nein, da fiel kein Groschen. Nicht mal ein Cent. Vorsichtig sah ich auf und blieb direkt an dem erwartungsvollen Blick meines Gegenübers hängen. Verdammt, jetzt war Improvisation gefragt:

„Nun … interessant. Ein Hotel. Auf Sylt. Schön!", versuchte ich es stockend und wenig überzeugend.

„Nicht nur ein Hotel, meine Liebe. Das wird Ihr Hotel", erwiderte das Wesen von einem anderen Stern, das wohl in Grotelüschen gefahren sein musste.

Meine Gedanken rotierten: Mein Hotel. Mein Hotel. Mein Hotel. Mein Hotel. Sylt?

Völlig geplättet und mit offenem Mund starrte ich den Menschen an, den ich bis vor kurzem zu kennen geglaubt hatte. Saß da noch immer mein Chef vor mir? Herr Grotelüschen, der die „HanseZeit" leitete, seit ich vor nunmehr 14 Jahren als kleine Auszubildende hinzu gestoßen war? Der Herr Grotelüschen, der immer betont hatte, sich glücklich zu schätzen über eine so zuverlässige Mitarbeiterin wie mich (gut, jetzt mal abgesehen von den Momenten, wo er mich am liebsten auf einen der krummen Türme des Holstentors gejagt hätte, weil wir temporär verschiedene Auffassungen von Zuverlässigkeit hatten)?

Wollte der mich jetzt loswerden, oder wie? Zwangsversetzung nach Sylt? Ich hatte schon von Lehrern gehört, die auf eine einsame Nordseeinsel verpflanzt wurden, weil sie Mist gebaut hatten. Und gab es da nicht mal einen TV-Pfarrer, gespielt von Jürgen von der Lippe, dessen Kirche ihn mit dem Amt auf einem kleinen Eiland abstrafen wollte?

Mit Schrecken bemerkte ich, dass sich meine Unterlippe verdächtig hervor geschoben hatte, ohne darum gebeten worden zu sein. Schnell zog ich sie zurück – schmollen würde wohl auch hier nicht helfen …

„Chef, das werden Sie doch nicht wirklich tun? Wir waren doch immer so ein gutes Team … und jetzt wollen Sie mich abschieben, nur wegen einer Hand voll Blütenblätter?", versuchte ich mich verzweifelt aus der Affäre zu ziehen.

Jetzt war es Herr Grotelüschen, der fragend guckte. Da aber Souveränität eine seiner bestechenden Eigenschaften war, fing er sich erstaunlich schnell wieder:

„Blütenblätter? Frau Fischer, ich weiß zwar nicht, wovon Sie reden, aber die Broschüre vor Ihnen gibt Ihnen einen Überblick über unser neustes Projekt. Das Haus steht auf Sylt, in einer kleinen Gemeinde nahe Westerland. Es besticht mit direkter Strandlage und hat auch vorher als Hotel gedient. Der bisherige Name war ‚Dünenläufer'. Die ehemaligen Besitzer haben genug von der Hotellerie, sie sind einfach zu alt, um einen solchen Betrieb zu stemmen. Zwölf Zimmer sind zwar nicht viel, aber Sie wissen ja, welche Arbeit hinter jedem einzelnen Gast steckt. Ich habe das Hotel erworben. Wir werden dieses Schmuckstück zu neuem Leben erwecken, Frau Fischer! Klein, aber fein wird es sein, ein angemessenes Pendant zu unserer schönen ‚HanseZeit'." Er schaute selbstzufrieden und nickte mir ermunternd zu, bevor er fortfuhr:

„Die Handwerker sind schon geordert, ab morgen wird das alte Gemäuer auf den Kopf gestellt. Und Sie, meine liebe Frau Fischer, werden dafür sorgen, dass die ‚DünenZeit' eine Seele erhält." Er wippte mit seinem wuchtigen Bürostuhl vor und zurück. Vor und zurück. Und starrte mich an.

Gut, Danni, sagte ich mir, jetzt mal langsam, Stück für Stück:

Hier ging es nicht um Rosenblüten, außerdem drohte kein Anschiss – soweit gut.

Vielmehr hörte sich das alles nach einer Beförderung an, nach einer Art Vertrauensbeweis – noch viel besser.

Ich sollte ein Hotel leiten – weltklasse.

Auf Sylt – Syyyyyyyllllllllllt?

Spontan reagierte ich, wie Frauen es seit jeher bei Aufregung und/oder Unsicherheit taten: Ich versuchte es mit, nennen wir es mal, quantitativ orientierter Konversation, umgangssprachlich auch „Plappern" genannt.

„Herr Grotelüschen. Ich weiß gar nicht, was ich sagen soll. Es ist eine große Ehre für mich, dass Sie mir Ihr, nun wie soll ich sagen, ‚Baby' anvertrauen wollen. Und ich halte es für ein unglaublich spannendes Projekt. Aber wissen Sie, ich bin hier in Lübeck gebunden und weiß nicht, ob ich so einfach alles wegwerfen möchte, geschweige denn, ob ich die Richtige bin, für so ein, ähm, Inselidyll."

Devot schaute ich zu ihm herüber. Es war mir wirklich sehr unangenehm, sein Angebot nicht sofort unter Freudentränen und verbunden mit einer hysterischen Umarmung annehmen zu können. Jeder andere wäre meinem Chef um den Hals gefallen vor Dankbarkeit für eine solche Chance. Und was machte Danni Fischer? Sie war undankbar, weil das Barbie-Wohnmobil unterm Tannenbaum eine blaue Markise hatte anstatt einer pinken. Weil das anvertraute Hotel auf Sylt stand, anstatt in Lübeck. Konnte es wirklich sein, dass sich mein Entwicklungsstand so wenig von dem einer Sechsjährigen unterschied? Witzig, und ich machte mir tatsächlich Gedanken über meinen unkontrollierbaren Schmollmund … Und was genau brachte Herrn Grotelüschen in dieser Situation zum Lächeln? Warum zum Teufel grinste er mich jetzt wissend an?

Ich sollte es sofort herausfinden.

„Ach, Frau Fischer. Sie wissen doch, ein Hotel ist wie eine große Familie. Es wird viel erzählt, Geheimnisse werden grundsätzlich geteilt, Privates gehört zum Geschäft. Natürlich ist mir nicht entgangen, dass Sie durchaus nicht so unabkömmlich hier sind, wie Sie mir jetzt weismachen wollen. Ihr, ähm, Freund, wie hieß er noch gleich, ist doch schon etwas länger Schnee von gestern? Es ist Zeit zu neuen Ufern aufzubrechen, Frau Fischer. Im wahrsten Sinne des Wortes."

Er giggelte, amüsiert über seinen Scherz, der eindeutig auf meine Kosten ging.

Jan. Er sprach tatsächlich von Jan. Wie gemein, jetzt ausgerechnet diese Ratte ins Rennen zu werfen.

Es war ein sonniger Tag vor vier Jahren, als aus Jan und mir ein „wir" wurde. Ich saß gerade mit einer Freundin in dem gemütlichen Hinterhof meines Lieblingscafés, als ich ihn und parallel mich der Blitz traf. Mit einer Größe von etwa 1,85 und seiner durchtrainierten Figur wirkte er auf mich wie ein junger Gott. Ein Wink des Schicksals, mein Geschenk des Himmels.

Schließlich wartete ich schon lange auf meinen „Mc. Dreamy" und die damit verbundene Gründung eines „erfolgreichen kleinen Familienunternehmens". Mit 28 und als stolze Besitzerin einer Handvoll nichtsnutziger Exfreunde war ich der Meinung, dass meine Zeit gekommen sei. Ich würde die Nächste sein.

Zunächst lief auch alles nach Plan. Ein kokettes Lächeln meinerseits und einen interessierten Blick seinerseits später saßen wir bereits unter den Schatten spendenden Bäumen der Terrasse beieinander und fanden uns gegenseitig einfach nur toll.

Anfangs verbrachten wir quasi unsere gesamte Zeit miteinander. Wie in einem französischen Kitsch-Movie der Extraklasse spazierten wir bei Regen unter einem Schirm entlang des nahe gelegenen Ostseeufers der Lübecker Bucht, im Kino teilten wir unser Popcorn und zu Hause das Bett. Es war perfekt.

Nach einer gefühlten Ewigkeit von einem Jahr (ich war ein eher ungeduldiger Mensch), zogen wir zusammen in eine schnuckelige 3-Zimmer-Wohnung in der Lübecker Lilienstraße. Noch immer war ich in Jan verliebt wie am Tag unseres Kennenlernens und hielt ihn für den tollsten Mann unter der Sonne.

Er sich auch.

Dass das irgendwann zum Problem werden sollte, merkte ich mit der Zeit immer deutlicher. Jans Ego war zwar riesig, nicht aber groß genug, als dass es nicht ständiger Pflege bedurft hätte.

Besonders gerne ließ er sich seine Großartigkeit von gut gewachsenen Blondinen mit beneidenswerten Figuren bestätigen. Zwar hatte auch ich blondes Haar und eine Figur, mit der ich beim Sonnenbaden nicht direkt von engagierten Tierschützern zurück ins Meer geschoben wurde, dennoch gab es an mir, na ja, sagen wir mal, vom Idealmaß abweichende Körperstellen.

Aber wie sagte die norddeutsche Künstlerin Ina Müller in einem ihrer Songs doch so schön? Lieber Orangenhaut als gar kein Profil. So. Diese Einstellung vertrat ich aber leider allein, und deshalb hätte es mich auch wirklich nicht so umhauen dürfen, als ich zufällig in den Genuss einer pikanten Liebes-SMS einer gewissen Susi kam.

Wer jetzt denkt, ich hätte in Jans Handy geschnüffelt, der … hat leider recht. Aber angesichts der Ergebnisse hielt sich mein schlechtes Gewissen in Grenzen. Kurzum: Ich wohnte wieder alleine. In einer Wohnung, die ich mir ohne Jan nur mit Biegen und Brechen leisten konnte, und was viel schlimmer war: die ich mir ohne Jan nicht vorstellen wollte.

Mit 32 musste ich mich in meinem Facebook-Profil wieder als „Single" schimpfen lassen und war genau genommen in den letzten vier Jahren nicht einen Schritt weiter gekommen.

Ein quälender Gedanke setzte sich fortan in meinem Kopf fest: Ich war gar nicht die Nächste, ich war ein Auslaufmodell! Wäre ich eine Klobrille, hätte man mich im Baumarkt bereits heruntergesetzt und im Aktionskorb vor der Kasse positioniert. Trotzdem würden alle an mir vorbei, hin zu den neueren Modellen linsen, bei denen der Lack noch nicht ab war, und ich konnte wohl froh sein, wenn ich überhaupt noch einen Arsch abbekäme.

Herr Grotelüschen erlöste mich mittels eines Räusperns aus meinen trübseligen Tagträumereien.

„Also, Frau Fischer. Überdenken Sie meinen Vor-
schlag und verdeutlichen Sie sich, welch großartige
Chance sich für Sie mit diesem Projekt auftut. Ich er-
warte Ihre Entscheidung bis morgen, schließlich gibt
es viel zu tun." Er wandte sich wieder seinen Papieren
zu und suggerierte mir damit, dass das Gespräch für
ihn beendet war.

Ich kehrte zurück zur Rezeption und verrichtete meine Aufgaben in einem merkwürdigen Trance-Zu-
stand.

Als die Spätschicht mich am Nachmittag ablöste, fuhr
ich auf direktem Wege nach Hause. Noch immer un-
fähig zu einem klaren Gedanken, zog ich mir meine
Laufschuhe an, hoffend, mittels Bewegung an frischer
Luft klarer zu sehen.

Ich war vor ein paar Jahren zum Jogger mutiert. Zugegebenermaßen spielten dabei der sportliche Ehr-
geiz oder der Hang zu naturnaher Ertüchtigung zunächst eine eher untergeordnete Rolle. Vielmehr
suchte ich nach einer Möglichkeit, schnell und effek-
tiv die ungewollten Pfunde, die sich mit der nachteili-
gen Umstellung meines Stoffwechsels mit Mitte 20
an ungünstigen Körperpartien angesiedelt hatten,
wieder los zu werden.

Die ersten Trainingseinheiten waren damals eine Katastrophe. Ich schaffte es kaum, eine Distanz von 800
Metern zu überwinden, ohne der festen Überzeugung
zu sein, den sofortigen Erstickungstod sterben zu
müssen. Nachdem die ersten Hürden genommen wa-

ren, entwickelte sich meine Sympathie für den Sport aber mit jedem Schritt. Inzwischen grüßte ich als etabliertes Mitglied der Lübecker Jogger-Community jeden entgegenkommenden Läufer erhobenen und nur leicht geröteten Hauptes, und gerade letzte Woche hatte ich sogar ein männliches Exemplar unserer heimlichen Vereinigung mit großen Schritten überholen können (als er sich kurz das Schuhband schnüren musste).

Ich nahm den schmalen Sandweg, der die Lilienstraße mit der Kanal-Trave verband, und fand mich schnell am Ufer des sanft fließenden Gewässers wieder. Viele weitere Jogger zogen hier ihre Bahnen, Mütter schoben mit Kinderwagen durch die Gegend, kleine Boote und größere Frachter glitten durch das seichte Fahrwasser.

Nach wenigen Minuten hatte sich mein Körper an die Bewegung gewöhnt, und ich war auf dem direkten Weg zu meiner inneren Mitte (laut meiner Joga-Lehrerin hatte jeder so was, also wurde ich nicht müde, mich stetig auf die Suche nach eben diesem Ruhe spendenden Zentrum zu begeben).

Für Ende September war es ungewöhnlich frisch. Eine steife Brise pfiff mir um die Ohren und wehte die ersten Blätter von den Bäumen. Jep, das war genau das richtige Wetter, um den Kopf frei zu bekommen, und allmählich sortierten sich meine Gedanken. Genau genommen, kam das Angebot, die Leitung des „Dünenläufers" zu übernehmen, wie gerufen. Die vergangenen Wochen und die Trennung hatten mich mürbe gemacht, und es war wirklich Zeit für ein bisschen frischen Wind in meinem Leben. Zudem würde der Wechsel einen riesigen Karriereschritt für mich bedeuten, und auch finanziell sollte es sich auszahlen.

Natürlich wäre andererseits die Distanz zu meiner Familie und meinen Freunden groß – genau genommen läge ganz Schleswig-Holstein zwischen uns. Und stimmte das Vorurteil über die Nordfriesen, könnte es schwierig werden, schnell neue Bekanntschaften zu schließen. Angeblich war das ein sehr eigenbrödlerisches Völkchen – nichts für einen Kennenlern-Quicky. Ob mich wenigstens die zugereisten „Festland-Insulaner" in ihrer Mitte aufnehmen würden? Quasi als Leidensgenossin?

Moment mal. Nein, das war doch nicht möglich! Danni, du Tüddelkopp! Ich hatte tatsächlich meine Kindergartenfreundin Moni vergessen. Moni, mit der ich immer durch dick und dünn gegangen war, bis – ja, bis sie mit Sack und Pack nach Sylt umsiedelte, um ihrer großen Liebe nahe zu sein.

Das war jetzt zehn Jahre her, und mittlerweile fühlte sie sich auf dem spießig-schönen Reetdachhof mit ihrem Mann Thies und den Kindern Nele & Piet pudelwohl.

Leider hatten wir uns sehr lange nicht sehen können, da irgendwie immer was dazwischen gekommen war. Trotzdem verloren wir nie den Kontakt und telefonierten in regelmäßigen Abständen miteinander.

Was sie wohl sagen würde, wenn ich ihr von den Neuigkeiten berichtete? Ich musste sofort nach Hause und sie anrufen. Ich machte auf dem Absatz kehrt und stieß dabei um ein Haar mit einer selig in ihren Kinderwagen blickenden Frau zusammen.

„Platz da, Mutti, hier besteigt gerade jemand emsig seinen Karrierethron. Das Auslaufmodell wird schon noch zeigen, was es drauf hat!", dachte ich und lief enthusiastischen Schrittes zurück.

Ob bewusst oder unbewusst: Die Entscheidung war gefallen. Ich würde nach Sylt gehen und mein Leben neu ordnen.

Die nächsten Monate verbrachte ich mit der Planung *meines* Hotels. Herr Grotelüschen hatte recht behalten: Die Bauarbeiten waren in vollem Gange, und es gab viel zu entscheiden und zu organisieren. Von der Inneneinrichtung bis zum Buchungssystem – alles musste neu gestaltet werden.

Das stark in die Jahre gekommene Hotel „Dünenläufer" war kaum mehr als eine Grundlage, auf der aufgebaut werden konnte. Genau genommen war es nur die einmalige Lage direkt hinter dem Deich, die nach unserem Rundumschlag an das vorherige Haus erinnern würde.

Und so brütete ich über Einrichtungskatalogen, absolvierte Meetings mit unserem Architekten und kümmerte mich um die Gestaltung unserer Homepage und des Werbematerials.

Es war wirklich eine Mordsarbeit. Umso glücklicher war ich deshalb anfänglich, dass ich mich um einen Posten nicht zu kümmern brauchte: Vorraussetzung für das Zustandekommen des Kaufvertrages war die Übernahme des gesamten Personals gewesen, laut Herrn Grotelüschen alles fähige Mitarbeiter.

Wie einfach es jedoch vergleichsweise gewesen wäre, eine Stellenausschreibung zu schalten und gefühlte 1000 Bewerbungsgespräche zu führen, hatte ich bereits bei meinem Antrittsbesuch auf der Insel erfahren müssen:

Es war Ende Oktober, als ich das erste Mal in meinem Wagen über die herbstlich verschlafene Dorfstraße der kleinen Gemeinde Friesum rollte, um meine zukünftige Wirkungsstätte im Rahmen eines Kurzbesuches kennen zu lernen.

Verzückt betrachtete ich die niedlichen Reetdachbauten links und rechts des Weges. Davor standen zu einem Plausch einladende Bänke, hier und da baumelte ein Schild mit der Aufschrift „Ferienwohnung frei". Auf dem Gehweg trat ein älterer Herr mit Hut gemächlich in die Pedale seines in die Jahre gekommenen Drahtesels.

Ich bog in den Sandwai ein, die Straße, in der ich mein neues Refugium finden sollte. Auch hier standen die Häuschen in Sachen Niedlichkeit den Bauten an der Hauptstraße in nichts nach. Eins nach dem anderen zog an mir vorbei, bis ich am Ende des Weges, kurz vor den Dünen, durch etwas gestoppt wurde, was so gar nicht zum idyllischen Ortsbild passte:

Ich blickte ungläubig von dem verfallenen Gebäude vor mir, das offensichtlich nur durch die verquarzte

Reetschicht auf dem Dach zusammengehalten wurde, zu den Lettern auf dem morschen Eingangsbogen über mir: „Dünenläufer" stand da, und mir wurde schlagartig bewusst, warum anno dazumal dieser Name ausgewählt wurde. Wahrscheinlich wäre es tatsächlich jedem Urlauber anzuraten gewesen, lieber schnell über die Dünen das Weite zu suchen, anstatt sich hier einzuquartieren. Gruselig!

Mir schwirrten noch die Abschiedsworte von Herrn Grotelüschen durch den Kopf:

„Mit Ihrem Engagement wird das ein Klacks, Frau Fischer. Schon zur nächsten Saison wird das ‚Dünen-Zeit' als neuer Stern an Sylts Unterkunftshimmel erstrahlen!"

Dieser, dieser … grmpf!

„Nicht aufregen, Danni", sprach ich mir gut zu, stieg aus und setzte einen mutigen Schritt durch das Tor, nicht ohne mir schützend die Hände über den Kopf zu halten, sollte der Bogen spontan beschließen, sich endgültig dem Zerfall hinzugeben.

Der steinbelegte Weg führte mich zu einer Tür im Friesenstil, die seinerzeit sicher mal etwas hergemacht hatte. Mit einem Quietschen gab sie meinem Druck nach, und ich stand in einer Diele, die mich stark an die gute Stube meiner Lübecker Oma Grete erinnerte.

Am Ende eines abgetretenen Läufers baute sich die Rezeption im Stil „stillos" vor mir auf. Dahinter entdeckte ich eine ausdruckslos blickende, weibliche Person, kerzengerade lauernd. Ich schluckte meine

Unsicherheit herunter, straffte meine Schultern und ging auf sie zu.

„Guten Morgen, Sie müssen Frau Hansen sein, die gute Seele des Hauses!", strahlte ich sie an und hielt ihr erwartungsvoll meine ausgestreckte Hand entgegen.

„Ich bin Danni Fischer, die neue Direktorin. Schön, dass wir uns heute kennen lernen dürfen". Noch immer mit dem Arm in der Luft auf eine Erwiderung wartend, hallten mir abermals Grotelüschens Worte im Ohr:

„Machen Sie sich keine Gedanken Frau Fischer. Frau Okka Hansen kennt das Haus seit seinen Anfängen und wird Sie tatkräftig bei der Verwirklichung des neuen Konzeptes unterstützen." Ich musterte mein Gegenüber unauffällig. Frau Hansen war Mitte 40, überaus schlank und wirkte durch ihre unnatürlich aufrechte Haltung und den verkniffenen Gesichtsausdruck inklusive Streberbrille alles andere als sympathisch.

Dann endlich, nach einer gefühlten Ewigkeit, löste sie ihre vorm Körper gekreuzten Arme und erwiderte meinen Gruß spitz.

„Bei uns sagt man ‚Moin' und wir nennen uns hier alle beim Vornamen. Ich bin Okka", verpackte sie alsdann ihre mitnichten wohlwollend gemeinte Begrüßung in gewöhnungsbedürftig friesischen Charme.

Damit hatte ich nicht gerechnet, und die Dreistigkeit dieser Person verschlug mir für einen Moment die Sprache. Durchsetzungsvermögen war nie meine große Stärke gewesen, und das erste, was mich in meinem neuen Leben empfing, war ein Feuer spuckender Hausdrachen. Na Bravo.

„Gut, also Okka", begann ich mit leider viel zu zittriger Stimme und räusperte mich, bevor ich fortfuhr: „aber das ‚Sie' sollten wir vorerst beibehalten, bis wir uns einer gemeinsamen Basis sicher sein können."

Was redete ich denn da? Einer gemeinsamen Basis sicher sein? Wenn nicht mal ich meinen Worten folgen konnte, blieb mir nur, darauf zu hoffen, dass Okka nicht nachhaken würde.

Kritisch beobachtete sie mich eine Weile, wie ein Wolf, der sichergehen wollte, dass er seine gerissene Beute auch wirklich erlegt hatte. Dann drehte sie sich mit den Worten „Ich muss mich um die Gäste in Zimmer 13 kümmern" um und verschwand über die dunkle Holztreppe, die wohl in die erste Etage führen musste.

Natürlich führte sie in die erste Etage, wohin auch sonst … aber beschwören konnte ich es wohl kaum, schließlich war der Hausdrachen gerade entschwunden, *ohne* mir eine Führung durch *mein* Hotel anzubieten. Ich kochte innerlich. Gerade wollte ich Okka Hansen folgen, um sie zur Rede zu stellen, da betrat pfeifend eine junge Frau den Raum.

„Oh, moin-moin. Sind Sie Frau Fischer? Wir haben Sie schon erwartet. Herzlich willkommen auf Sylt!", schallte es mir mit zur Abwechslung erfrischender Freundlichkeit entgegen.

Ich schätzte mein weibliches Gegenüber auf Anfang 20. Sie trug die Haare kurz, was ihre leicht burschikose Erscheinung unterstrich. Trotzdem hatte sie eindeutig Ausstrahlung, vor allem im Vergleich zu dem Fräulein Rottenmeier von eben. Das konnte nur Stine Nissen sein, Auszubildende im dritten Lehrjahr und nach Herrn Grotelüschens Einschätzung zu urteilen überaus „hoffnungsvoller Nachwuchs für die Hotelleriebranche".

Allerdings war es nach der eben gemachten Erfahrung sicherlich von Vorteil, sich selbst ein Urteil zu bilden.

„Ja, das bin ich. Vielen Dank", erwiderte ich den Gruß also, erleichtert, soeben auf Wohlwollen gestoßen zu sein. „Ich freue mich auch sehr, Sie kennen zu lernen. Stine Nissen, richtig? Vielleicht wären Sie so gut und würden mich eine Runde durch das Haus führen und mich dem restlichen Team vorstellen. Fräulein Rott …, hüstel, ich meine Frau Hansen, ist im Moment nicht abkömmlich."

„Das kann ich mir vorstellen", antwortete Stine und ein leichtes Grinsen verriet mir, dass sie durchaus darüber im Bilde war, was „nicht abkömmlich" zu bedeuten hatte.

„Und bitte, nennen Sie mich Stine", fügte sie hinzu, während sie mich an der Rezeption vorbei in den Frühstücksraum führte.

Die „DünenZeit" war als Hotel garni konzipiert, das gastronomische Angebot würde sich also auf das morgendliche Frühstücksbuffet beschränken.

Das konnte durchaus von Vorteil sein, wenn man bedachte, wie viel Arbeit hinter der Zubereitung eines hochwertigen Abendmenüs steckte. Außerdem war ich wirklich froh, mich nicht auch noch mit einem cholerisch-exzentrischen Küchenchef rumplagen zu müssen, wie sie in den „haut cuisines" dieser Welt typischerweise zu Hause waren.

An der Personalfront würde ich wohl, wie es aussah, sowieso schon mehr Kämpfe auszufechten haben, als mir lieb war.

Der Frühstücksraum wirkte, sagen wir mal, traditionell. Garnituren mit Sitzbänken und altrosa Tischdeckchen, Marke „vergangene Tage", verteilten sich gleichmäßig über den mit Parkett ausgelegten Raum.

Ein verspiegeltes Buffet verkleidete die gesamte linke Wand und lenkte unschön vom eigentlichen Blickfang ab: Hinter vier gleichgroßen Fenstern empfing mich ein unverbautes Dünenpanorama.

Als Frau, die dank Tine Wittler & friends über ein fundiertes Wissen in Sachen Inneneinrichtung verfügte, fiel es mir in diesem Moment nicht schwer, mir vorzustellen, was man aus diesem Raum machen konnte! Die Bestürzung über den maroden Zustand des Hauses wich unverzüglich einer geballten Euphorie. Ich machte meiner Begeisterung Luft:

„Stine, der Blick ist einfach großartig! Warum wurde hier nicht schon viel früher etwas investiert?"

„Naja", sagte Stine und kräuselte ihre ansonsten faltenfreie Stirn, „die jetzigen Besitzer, Herr und Frau Jansen, haben immer großen Wert auf ihre Stammkundschaft gelegt. Die machen alle ihren Urlaub hier, seit sie denken können, und denen gefällt das eben so, ohne viel Komfort und Schnick-Schnack." Sie lachte kurz auf, bevor sie fortfuhr: „Aber die meisten sind inzwischen so alt, dass sie nicht mehr kommen können, und neue Gäste sind enttäuscht, wenn sie anreisen, oder kommen gar nicht erst, weil sie von Bildern im Internet abgeschreckt werden. Da würde ich auch lieber in eins der modernen Hotels fahren, gibt ja genug auf der Insel."

„Ja, das hört man immer wieder", antwortete ich nachdenklich und ließ meinen Blick über die altbacksche Einrichtung schweifen. „Manche Hoteliers verlassen sich einfach zu sehr darauf, dass die Gäste immer weiter so urlauben, wie sie es schon vor 50 Jahren getan haben. Dass ein ordentliches Frühstück genügt, um ein guter Gastgeber zu sein. Und ehe sie sich versehen, haben sie den Anschluss verloren und können gar nicht verstehen, woran es liegt, dass keiner mehr kommt. Aber gut, jetzt kommt hier ja frischer Wind rein. Es wird Ihnen gefallen, was wir aus dem ‚Dünenläufer' machen werden, da bin ich mir sicher", versprach ich und glaubte mir zu meiner eigenen Verwunderung jedes Wort. „Aber nun weiter im Text. Zeigen Sie mir bitte die Küche, Stine?"

„Gerne, dann können Sie auch gleich Lotti und Knut kennenlernen. Die beiden trinken um diese Uhrzeit immer ihren Kaffee zusammen", antwortete Stine und nahm dabei bereits Kurs auf den Kochbereich.

Richtig, die zwei standen auch auf der Gehaltsliste. Lotti Lornsen war mit ihren 60 Lenzen ebenfalls seit Ewigkeiten ein fester Bestandteil des Hauses und kümmerte sich um die Küche und, zusammen mit Stine und zwei Aushilfen, um die Reinigung der Gästezimmer.

Knut Clausen war ein klein wenig jünger und der Allrounder des Hauses. Er war verantwortlich für den Garten und alle Reparaturen, die so anfielen. Wie ich in Gesprächen mit Herrn und Frau Jansen erfahren hatte, half er aber auch in der Küche aus, wenn Not am Mann war, oder spielte mit Ferienkindern eine Runde Boccia im Garten.

Ich war gespannt, die beiden kennenzulernen, schienen es doch Mitarbeiter zu sein, die ihr ganzes Herzblut in dieses Hotel steckten.

Durch eine hölzerne Flügeltür gelangten wir in die Küche. Wie vorhergesagt, saßen die Besagten dort zusammen an einem großen eckigen Holztisch und schlürften gemütlich ihren Kaffee.

Lotti Lornsen sah genau so aus, wie ich es mir vorgestellt hatte. Ihr graues Haar trug sie kurz und gelockt, darunter blitzten mir fröhliche, erfahrene Augen entgegen. Über ihrem gemütlichen Körper trug sie eine karierte Schürze, ihre Füße steckten in roten Birkenstocks.

Knut Clausen wirkte daneben in seinem Flanellhemd und den typisch gelben Gummistiefeln fast ein wenig unscheinbar ... wäre da nicht diese unheimlich herzliche Ausstrahlung gewesen, die einen geradezu zwang, diesen Kerl vom ersten Moment an gern zu haben.

Stine trat ein paar Schritte auf die Pausierenden zu:

„Lotti, Knut, Frau Fischer ist da. Ich zeige ihr gerade das Haus."

Die beiden ließen sich in ihrer Gemütlichkeit nicht stören, aber ihnen stand die Freude darüber, mich zu sehen, ins Gesicht geschrieben.

„Bitte, Frau Fischer, setzen Sie sich doch einen Moment zu uns, ich hole Ihnen einen Kaffee. Stine, ich zeig Frau Fischer den Rest. Geh du bitte den Zimmermädchen zur Hand", lud mich Lotti Lornsen zu sich an den Tisch ein.

„Also, ich bin Lotti, und das ist Knut. Uns haben sie hier quasi bei der Grundsteinlegung mit eingemauert, und seitdem spuken wir hier rum. Das werden wir wahrscheinlich auch noch tun, wenn der Herrgott uns schon lange zu sich gerufen hat."

Sie giggelte vergnügt und um ihre Augen erzählten tiefe Lachfältchen die Geschichte eines erfüllten Lebens.

„So mien Deern", fuhr sie fort, und ich war froh, dass meine Plattdeutschkenntnisse gut genug waren, um dieses mit „mein Mädchen" übersetzen zu können, „und nu erzählen Sie uns mal ein büschen von sich".

Die Situation war wirklich ungewöhnlich für ein erstes Kennenlernen seiner Mitarbeiter. Fast hätte man meinen können, es handelte sich um den wöchentlichen Besuch eines Studenten bei seinen Eltern, der seine Dreckwäsche vertrauensvoll in die Obhut seiner Mutti abzugeben hatte.

Noch ungewöhnlicher war es allerdings, dass ich mich dabei in keiner Weise bevormundet oder nicht ernst genommen fühlte. Ich empfand es eher wie … ja, wie nach Hause kommen eben. Warm und gut.

Ich verabschiedete Stine vorerst mit einem Lächeln und ließ mich entspannt nieder.

„Es ist wirklich schön, Ihre Bekanntschaft zu machen", kam ich nun auch zu Wort. „Ich bin Danni Fischer, und wir werden uns ja nun bald täglich sehen. Ich hoffe, Sie freuen sich schon genauso auf die neue ‚DünenZeit', wie ich es tue."

Lotti zwinkerte mir zu:

„Na, nun mal nicht so förmlich, mien Deern. Wir sind doch hier alle eine große Familie, und natürlich freuen wir uns, dass Sie nun bald dazugehören. Es wird auch wirklich mal Zeit für ein büschen Veränderung. Nur weil wir ein paar Jahre mehr auf dem Buckel haben, gehören wir noch lange nicht zum alten Eisen."

Vergnügt stieß sie Knut an und erntete ein bestätigendes Nicken.

„Wir merken doch auch, dass die Gäste heute andere Ansprüche haben als zu Kaisers Zeiten. Knut und ich werden Sie unterstützen, so gut wir können. Stine freut sich sowieso schon lange darauf, dass das Haus, wie hat sie sich noch ausgedrückt, achja, ein wenig „hipper" wird. Und Okka … die werden wir auch noch dazu bewegen, auf den Zug aufzuspringen. Sie kläfft zwar manchmal ganz gewaltig, aber eigentlich will sie doch nur gestreichelt werden. Sie werden schon noch verstehen, was ich damit meine."

Knut hatte sich die Unterhaltung mild lächelnd angehört und mischte sich nun ein:

„Na-na, Lotti, nun gib der Guten doch Zeit, sich ein bisschen einzugewöhnen, bevor du sie in deinen Tratschzirkel einlädst. Zeigen wir Frau Fischer doch erstmal das Haus."

So besichtigten wir auch noch die restlichen Bereiche des „Dünenläufers". Die Zimmer präsentierten sich erwartungsgemäß verwohnt, allerdings offerierten die meisten von ihnen ebenfalls den unverwechselbaren Dünenblick, über den ich schon im Frühstücksraum so gestaunt hatte. Der Garten war hingegen ein Abbild von Knut. Liebevoll, herzlich und einladend.

Wenn es im Herbst schon so schön hier war, wie würde es dann erst im Sommer aussehen? Vor meinem inneren Auge gediehen die Pflanzen, Schmetterlinge tanzten flatternd darauf herum, und eine Handvoll Strandkörbe lud in den idyllischen Ecken des Gartens zum Verweilen.

Ja, das war ein schönes Stück Erde, und ich, nein, wir würden es zu einem einzigartigen Fleckchen machen. Freu, freu, freu!

Euphorisch und schwungvoll drehte ich mich um und schrie vor Schreck auf ... direkt vor mir stand die kerzengerade, griesgrämige Rottenmeier-Okka.

„Frau Fischer, wie ich sehe, wurden Sie bereits herumgeführt und dem Team vorgestellt."

„Was aber nicht dein Verdienst war, du steife Ziege", fügte ich in Gedanken hinzu, sagte aber laut:

„Ja, Stine und Knut waren so freundlich." Hoffentlich bemerkte Rotti-Okki die versteckte Botschaft in meinen Worten. Jep, die hochgezogene Augenbraue stach deutlich aus ihrer Griesgram-Miene hervor. Treffer, versenkt.

Zur Betonung meiner Worte, inklusive geheimer message, schwieg ich einen Moment bedeutsam. Das Schreien der Möwen am Himmel verstärkte den Effekt. Fehlte nur noch, dass just in diesem Moment jemand das „Lied vom Tod" auf seiner Mundharmonika anstimmte. Mit der Hand am Abzug starrten wir uns an, bis, ja, bis Okka das Wort ergriff. Ha! Dieser Punkt ging wohl ebenfalls an mich.

„Wir haben für heute Mittag ein gemeinsames Essen geplant. Punkt 12 in der Küche."

Meine Güte, hatte die beim Militär gedient, oder was? Mein Triumph-Gefühl schmolz schneller dahin, als Lois Lane beim Anblick von Superman. Aber Superwoman, in diesem Fall ich, würde sich nicht so schnell geschlagen geben!

„Wir kommen, sobald wir die Besichtigung beendet haben", sprach ich, drehte mich um und folgte Knut, der bereits am Ende des Gartens wartete. Spiel, Satz und Sieg. Vorerst wenigstens.

Ein schmaler Sandweg führte uns durch die Dünen, welche mit Gräsern und der, wie Knut mir erzählte, typischen „Syltrose" bewachsen waren. In den Sommermonaten würde das ursprünglich aus Nord-Ost-Asien stammende und nun die ganze Insel überwuchernde Gewächs in Pink, Rosa und Weiß blühen und herrlich duften.

„Ganz, wie die ‚DünenZeit'", dachte ich. Auch diese würde bis zum Sommer hoffentlich erblüht sein.

Wir setzten unseren Weg fort, bis wir den Dünen-
kamm erreichten und sich uns ein Blick eröffnete, der
mir glatt die Sprache verschlug:
Hier oben, umweht von einer steifen Brise, lag mir
die Welt zu Füßen. Die Nordsee zog sich mit all ihrer
mächtigen Ruhe, wie auf einer kitschigen Panorama-
postkarte, bis zum blauen Horizont. Sonnenstrahlen
spielten auf den kleinen Wellen und brachten das
Meer zum Funkeln. Davor lag der kilometerlange
Strand der Insel, wie eine schützende Fußmatte und
als wollte er sagen: „Hier wurde gerade reinegemacht,
also bitte Schuhe aus!"
Zu meiner rechten erhoben sich die Hochhäuser Westerlands, und Knut erzählte mir, wie diese in den 60er
und 70er Jahren aus dem Boden geschossen waren,
um die Touristenmassen aufzunehmen. Heute wäre
man wieder zur traditionellen Bauweise übergegan-
gen, so wünschte es auch der Gast. Für das Zentrum
der Insel käme dieser Trend jedoch leider zu spät.
„Aber da gewöhnt man sich dran", bemerkte er, „und
wenn es dich stört, guckst du halt woanders hin oder
schließt die Augen. So sieht man sowieso am besten."
Er legte seinen Kopf in den Nacken, ließ seine Lider
sinken und sog so tief Luft durch die Nase ein, dass
man sehen konnte, wie sich die borstigen Härchen in
seiner Nase unter dem Strom bewegten. Ich tat es ihm
gleich und verstand sofort, was er meinte. Erst jetzt
nahm ich die salzige Nordseeluft so richtig wahr und
genoss das Gefühl, wie sie meine Lungen aufblähte.
Ein strammer Wind blies mir dabei um die Ohren und

löste alle Gedanken aus meinem Kopf. Das Rauschen der Wellen und die Schreie der Möwen bildeten eine Melodie, die alle Hektik vergessen ließ. Am liebsten wäre ich immer weiter in dieser Welt versunken.

Oha, diese Möwe war aber sehr schrill. Ich löste mich gedrungenermaßen aus meinem Entspannungszustand. Nein, das war gar kein fedriger Gefährte, dessen Schrei da über die Dünen fegte.

„Frau Fischer, Knut! Das Essen wird kalt! Punkt 12 hatten wir gesagt. Jetzt ist es fünf Minuten nach!"

Okka, diese dürre Zetertine! Schluss mit der Ruhe. Und wohl auch mit dem Gedanken an einen Matchgewinn. Knut und ich warfen uns einen vielsagenden Blick zu und trollten uns zurück ins Haus.

Zurück in der muckelig warmen Küche, saß bereits die versammelte Mannschaft um den rustikalen Küchentisch.

„Setzen Sie sich, Frau Fischer, es gibt Birnen, Bohnen und Speck", zwinkerte Stine mir zu, als böte sie mir gerade eine köstliche Portion Currywust mit Pommes rot-weiß an.

Herrje, mit Birnen, Bohnen und Speck hatte mir meine Mutter früher immer gedroht.

„Wenn du nicht artig aufisst, gibt es morgen für dich Birnen, Bohnen und Speck", sagte sie dann und erzielte damit grundsätzlich die gewünschte Wirkung.

Eine andere Gräueltat der Kochkunst, mit der sie mich und meinen Bruder im Griff hatte, war „Schwienschiet mit Dill", zu Deutsch: die gekräuterten Absonderungen eines gewöhnlichen Hausschweins. Erst sehr spät kam ich dahinter, dass es ein solches Gericht weder in der norddeutschen Küche noch sonst irgendwo auf der Welt gab. Und dass man als Eingeweihter schlicht „Dill ist aus" darauf zu antworten hatte.

Ja, als gutgläubiges Kind hatte man es nicht leicht. Aber ich würde mir all diese Tricks merken und eines Tages gegen die eigene Brut verwenden! Also vorausgesetzt, ich fände irgendwann mal jemanden, der es mit mir aushielt. Eine heikle Sache. Wie oft hatte ich mir schon den Kopf darüber zerbrochen, was Jan in die Arme dieser „Susi-Sonnenschein" (es war einfacher für mich, sie mir als unförmiges Happy Hippo mit Strohhut vorzustellen) getrieben hatte.

War es die nicht ganz ideale Form meiner Schenkel gewesen? Oder konnte er es einfach nicht mehr ertragen, dass meine Kommunikationskurve kurz nach dem Zubettgehen ihren Höhepunkt erreichte? Aber mal unter uns Gebetsschwestern: Die Frau, die keinerlei solche geschlechtsspezifischen Macken aufwies, sollte man mir erstmal zeigen.

Wenn ich ehrlich war, hatte ich mir aber schon lange eingestanden, welchen Kardinalfehler ich begangen hatte: Ich hatte meine Psyche einfach zu oft im Jogging-Anzug herumlaufen lassen! Klar – dass man sich auch nach der Schmetterlingsgefühl-Phase noch Mühe zu geben hatte, sich seinem Liebsten immer schön zurechtgemacht zu präsentieren, war allseits bekannt.

Aber dass die Gefahr an einer ganz anderen Stelle viel größer war, das hatte ich übersehen. Und so verbrachte ich ganze Abende damit, Jan in mein Gefühls-

leben einzuweihen. Ich jammerte über die Unzuläng-
lichkeiten meines Körpers zwischen großem Zeh und
Haaransatz, diskutierte mit ihm meine kleinen und
großen Unsicherheiten und leistete höchst ambitio-
nierte Überzeugungsarbeit, wenn es darum ging, wie
viel schöner, netter und erfolgreicher man doch sein
konnte, als ich es war. Dass ich damit ein Anti-Danni-
Plädoyer ums andere hielt, fiel mir zu spät auf. Dann
nämlich, als „Susi Sonnenschein" auftauchte und Jan
mir plötzlich in allen Punkten der Anklage recht gab.
Noch nie hatte ich so lange und viel geweint, nur, weil
jemand meiner Meinung war.
Aber das war ein anderes Thema. Jetzt galt es erstmal,
sich einer gewagten norddeutschen Kombination zu
widmen. Bemüht freundlich lächelnd, setzte ich mich
und ergab mich meinem Schicksal.
Ob ich mal fragen sollte, ob ich Curry-Ketchup dazu
bekommen könnte? Lieber nicht, nachher wäre das
ein Angriff aufs hiesige Kulturgut, und man würde
mir ab sofort jeden Tag Birnen, Bohnen und Speck
servieren. So wie die Mutti es damals angedroht hatte. Zögerlich stapelte ich die kulinarischen Kontra-
henten auf eine Gabel, führt sie tapfer zum Mund und
… und musste feststellen, dass es gar nicht mal so
schlecht war. Ehrlich gesagt war diese salzig-süße
Kombination richtig gut!
Vielleicht würde mir diese neue Welt mit all ihren Ei-
genheiten ja doch besser schmecken als erwartet, und
ich, die süße Danni, wäre das perfekte Pendant zu der
herben, salzigen Nordsee.

Anfang April war es dann endgültig so weit: Der erste Tag meines neuen Lebens hatte begonnen, und ich hoffte, dass der bisherige Verlauf keinerlei Symbolcharakter besaß.

Die halbe Nacht hatte ich kein Auge zubekommen, viel zu wild waren die Gedanken in meinem Kopf umhergeschwirrt. Nach endlos erscheinenden Stunden und einem Auf und Ab von Wut über die Schlaflosigkeit und Erschöpfung durch dieselbige beschloss ich, einfach aufzustehen.

Meine Wohnung war komplett leer geräumt, mein gesamtes Hab und Gut befand sich bereits auf der Insel. Ich würde in einem kleinen Appartement im Dach der „DünenZeit" wohnen. Das hatte gleich zwei Vorteile: Zum einen wäre ich immer zur Stelle, wenn es im Hotel Probleme gab, und zum anderen umging ich damit die horrenden Mieten, die auf Sylt üblich waren.

Wie ich erfahren hatte, wurde dort nämlich jedes noch so kleine Kellerloch lieber an Feriengäste vermietet, was für den Besitzer der Immobilie ein Vielfaches der normalen Einkünfte bedeutete. Wo blieb denn da bitte die Nächstenliebe?

Wie dem auch sei: Viele Tassen Kaffee später fühlte ich mich schon wieder fast wie ein Mensch, bereit, den Weg zu meinem neuen Ich anzutreten. Ich belud meinen Kombi, ein Relikt aus der Zeit, in der der ich der Meinung war, einen solchen bald zwecks Familienzuwachs zu benötigen, mit meinen restlichen Utensilien und startete meine Fahrt quer durch Schleswig-Holstein.

Ich würde inklusive Autozug vier Stunden benötigen, und so stellte ich mich auf eine gemütliche Fahrt ein, wählte eine CD von den Ärzten (alt, aber gut) und schmetterte bei „Westerland" semi-leidenschaftlich mit.

Obwohl ich mich auf das freute, was vor mir lag, wollte doch keine ernst zu nehmende Euphorie aufkommen, also begnügte ich mich damit, die vorbeiziehenden Landschaften zu genießen und mich wieder einmal zu fragen, was wohl in so einer gewöhnlichen Milchkuh vorgehen mochte, während sie stoisch und wiederkäuend ihr Dasein auf einer Weide fristete.

Den Abend zuvor hatte ich mit all meinen Lieben Abschied gefeiert.

Es war ein schönes Zusammensein gewesen. Meine Eltern verliefen sich in alten Erinnerungen an unsere Urlaube auf Sylt im Speziellen und mein viel zu schnelles Erwachsenwerden im Allgemeinen.

Auch mein Bruderherz durfte an dem Melancholieschub unserer Erzeuger partizipieren, und so genossen wir die Tatsache, dass geteiltes Leid ja schließlich nur halbes Leid war.

Später gesellten sich dann meine liebsten Lübecker Mädels, Schnecke und Püppi (so nannte ich die beiden seit unserer ersten Begegnung auf der Hotelfachschule), hinzu.

Die Hoffnung, dass sich die Stimmung mit ihrer Ankunft in die gewohnte Sektlaune verwandeln würde, zerschlug sich allerdings mit dem ersten Blick in ihre

Gesichter. Der Ausdruck in ihren Mienen erinnerte mich stark an den treudoofen und immer ein wenig traurigen Blick eines Golden Retrievers. Nur ihre trockenen Nasen verrieten, dass es sich doch um meine Freundinnen handeln musste. Klar, ich war ja auch traurig.

Also stimmte ich schlussendlich ein in den Blues, den meine Eltern bereits Stunden zuvor angestimmt hatten.

Wenn ich jetzt im Auto daran dachte, spürte ich einen riesigen Kloß im Hals. „Nein Danni, geweint wird nicht. Du freust dich jetzt gefälligst auf dein neues Leben als erfolgreiche Single-Frau", versuchte ich mich selbst zu überzeugen. Und tatsächlich zeigte es Wirkung. Ich drehte die Musik voll auf und zwang mich dazu, die bösen Geister zu verscheuchen:

„Oh ich hab solche Sehnsucht, ich verliere den Verstand. Ich will wieder an die Nordsee, ohoho, ich will zurück nach Westerland ... "

So verging die Fahrt wie im Flug, und in Niebüll fädelte ich mich in die Blechkarawane des Sylt-Shuttles, dem Sylt mit dem Festland verbindenden Autozug, ein. Ein Blick auf die Anzeigetafel verriet mir, dass die nächste Abfahrt erst in einer halben Stunde erfolgen würde, und so kurbelte ich das Fenster runter, lehnte mich zurück und blätterte ein wenig in dem Magazin, das mir ein freundlicher Mitarbeiter der Deutschen Bahn zusammen mit einer Flut an Werbeflyern in einem blauen Leinenbeutel überreicht hatte.

Darin erzählte ein schwarz-weiß bebilderter Bericht von dem Bau des Hindenburgdamms, Sylts Verbindung zur Welt. Demnach war die damals nach dem aktuellen Reichspräsidenten benannte Querung 1927 nach vier Jahren Bauzeit fertig gestellt worden.

Seitdem spaltete er die Insulaner in solche, die ihn und mit ihm den inflationären Tourismus feierten, und jene, die die Folgen der festen Verbindung verfluchten. Ich überlegte. Für welche Position hätte ich wohl damals Partei ergriffen?

Da sitzt man gerade glücklich und zufrieden auf seiner Insel, freut sich auf die Flut wartend und Köm trinkend über Gott und die Welt, und plötzlich kommt jemand auf die Idee, einen Damm zu bauen mit dem Ergebnis, dass meine Insel nicht mehr die ist, die sie vorher war. Ich glaub, da wär' ich auch erstmal ordentlich muksch (eins meiner plattdeutschen Lieblingswörter, das „beleidigt sein" meint).

Aber mein Schaden sollte es nicht sein, schließlich hatte mir der Damm den Weg zu meinem eigenen Hotel geebnet. Und war es dem guten Hindenburg nicht zu vergönnen, dass wenigstens dieser seinen Namen tragenden, bahnbrechenden Konstruktion mit Respekt und Wohlwollen begegnet wurde?

Mit dieser schlüssigen Argumentation legte ich die Lektüre beiseite und beobachtete, wie das grüne Licht die Auffahrt freigab.

Witzig, mit welcher Ruhe noch jetzt manche mit einem Coffee to go in der Hand auf ihr Auto zuschlenderten. Ich könnte so was nicht.

Zum Beispiel bei Bahnreisen. Da saß ich bereits mit meiner Tasche auf dem Schoß im menschenleeren Wagen, während mich die Reinigungsfrauen noch bitten mussten, die Füße hochzunehmen. Und niemals würde ich es wie andere wagen, noch einmal vor die Tür zu gehen, um mir etwas zu trinken zu holen oder eine zu rauchen. Etwas in mir war wohl felsenfest davon überzeugt, dass der Schaffner nur auf diesen Moment wartete, die Bahn dann sofort ohne mich startete und ich mutterseelenallein zurückbleiben würde, während mein Gepäck der Welt entgegensteuerte.

Das mutete vielleicht ein wenig paranoid an, aber ich war mir sicher: Am Ende meines Lebens würde ich weniger Verbindungen verpasst haben, als so mancher andere.

Selbstzufrieden ob meiner guten Vorbereitung, startete ich also meinen Wagen und rollte langsam auf den Ordner zu, der gleich darüber entscheiden würde, ob meine Überfahrt mit unverbautem Meerblick auf dem oberen Deck (meines Erachtens die Business-Class des Sylt-Shuttles) oder mit beschränktem Meerblick auf dem unteren Deck (Touristenklasse) stattfinden würde. Er winkte mich nach links. Juhu, ich hatte ein Upgrade! Also nichts wie rauf, bevor sich noch irgendein Yuppie in seinem A6 bis Q7 vordrängeln konnte.

Ich hoppelte über die Schwellen der Waggonverbindungen voran und stoppte meinen Wagen hinter einem bereits stehenden Touran. Auf dem Rücksitz entdeckte ich die für diesen Familienvan obligatorischen Frechdachse, welche mir beherzt ihre Zunge entgegen streckten. Einer dieser völlig überflüssigen „ich-bin-ja-so-stolz,-dass-ich-diese-Monster-mein-eigen-nenne-Aufkleber" klärte mich darüber auf, dass die nunmehr nasebohrenden und fratzeziehenden Mini-Ausgaben von Dick und Doof auf die Namen Tobias und Felix hörten.

Na super, statt der Aussicht auf quasi endloses Wattenmeer hatte ich jetzt diesen hoffnungsvollen Nachwuchs der gesellschaftlichen Elite vor mir. Das kam davon, wenn immer alle so hoch hinaus wollten – auch wenn sich dieses nur in der Höhe ihres Familienmobils widerspiegelte.

„Wir wünschen Ihnen eine angenehme Überfahrt und einen schönen Aufenthalt auf Sylt. Allen Syltern sagen wir ‚Herzlich willkommen zu Hause'", schallte es melodisch, im Anschluss an die obligatorischen Sicherheitshinweise, aus den Lautsprechern neben meinem Wagen.

Nett fand ich das, richtig nett. Ich konnte ja nicht erwarten, dass das Zugpersonal speziell auf meine Situation eingehen würde à la: „Auch alle Neu-Insulaner begrüßen wir natürlich ganz herzlich, insbesondere die geschätzte Frau Fischer." Nein, nein, das wäre zu viel des Guten gewesen.

Es ruckelte einmal, und die Fahrt ging los. An mir zogen die grünen Wiesen und weißen Windräder Nordfrieslands vorbei, unterbrochen nur durch einige Bauernhöfe und ein mir neues Areal, auf welchem sich – gefühlt bis zum Horizont – Solarbatterien aneinander reihten.

Oder wollte man hier etwa mit Außerirdischen kommunizieren? Ich stellte mir vor, wie die grünen Männchen mit ihrem Raumschiff in der hiesigen Einöde landeten, sich ratlos umschauten und nach einigen erfolglosen Gesprächsversuchen mit einer stoisch kauenden Schwarz-Bunten resigniert wieder die Heimreise auf den Planeten Alpha-Beta-Gamma antreten würden.

Bevor ich aber den Plan zu Ende schmieden konnte, die Außerirdischen zu bitten, Jan als Zeichen intergalaktischer Beziehungen mit sich zu nehmen, breitete sich das Meer zu beiden Seiten des Damms vor mir aus.

Es war Ebbe, und Sonnenstrahlen tanzten gemeinsam mit verschiedensten Vogelarten über den welligen, matschigen Untergrund. Dank guter Sicht erkannte ich links in der Ferne die Insel Föhr und eine Fähre der Wyker Dampfschiffs-Reederei, welche gerade Kurs auf das Eiland nahm.

Ich war schon einmal dort gewesen, damals mit meinen Eltern bei einem unserer Sylt-Urlaube. Das Schiff, mit dem wir damals übersetzten, hieß Robbe. Das wusste ich noch so genau, weil ich damals verzweifelt Ausschau gehalten hatte nach diesen plüschig weißen Tieren mit Knopfaugen, so wie es sie als Kuscheltiere in jedem Souvenir-Shop zu kaufen gab.

Leider war dies so ziemlich die einzige Erinnerung, aber ich hatte erst kürzlich einen Artikel gelesen, in dem Föhr sich als „Friesische Karibik" vorstellte und mit seiner Fußgängerzone direkt am Meer warb.

Irgendwann, so nahm ich mir vor, würde ich alle Nachbarinseln und auch die Halligen besuchen – aber erst einmal gäbe es dafür wohl keine Zeit. Mein Fokus würde vorerst nur auf einer Insel liegen, und so richtete ich meinen Blick nach vorne.

Dort erstreckte sich Sylt inzwischen in voller Breite. Links gab der Touran den Blick auf Hörnum am Südzipfel der Insel und rechts auf die Dünenlandschaften bis hin zum Lister Ellenbogen frei.

Einige Zeit später fuhren wir bereits in den Bahnhof von Westerland ein. Es ruckelte erneut kräftig, und der Zug kam zum Stehen. Die Frechdachse waren wohl angewiesen worden, sich anzuschnallen, denn ich konnte nur noch ihre Hinterköpfe quirlig wippen sehen, bevor sich die Kolonne in Bewegung setzte und den Zug wieder frei gab für diejenigen, deren Urlaub leider zu Ende ging.

Den Sylt-Shuttle im Rücken hielt ich mich links und passierte den Bahnhof. Ich nickte kurz den grünen Riesen (über Kunst lässt sich nicht streiten, und schließlich wohnten die schon länger hier als ich) auf dem Vorplatz zu und umfuhr geschickt eine Horde Touristen, die wohl der Meinung war, auf Inseln seien Ampelsignale eher als eine unverbindliche Empfehlung zu betrachten.

Kurze Zeit später spuckte mich das lebendige Westerland aus und Friesum empfing mich mit seiner konträren Ruhe. Auf der Hauptstraße begegneten mir einige dick eingepackte Gäste, fest entschlossen, die ersten zarten Sonnenstrahlen und die Besinnlichkeit der vorsaisonalen Insel in sich zu speichern.

Ich ließ mich anstecken und bog mit einem zufriedenen Gefühl, das sich mit jedem zurückgelegten Meter in eine ausgewachsene Vorfreude steigerte, in den Sandwai ein.

Am Ende der Straße stoppte ich meinen Wagen und hielt für einen Moment inne: Der marode Eingangsbogen, der mich noch vor einigen Monaten empfangen hatte, war verschwunden. Dafür prangte stolz der weiße, geschwungene Schriftzug „DünenZeit" an der Front des nunmehr in verschiedenen Sandtönen verklinkerten und mit einem neuen hellen Reetdach gekrönten Hauses.

Eine steinerne Auffahrt, gesäumt von beidseitigen Friesenwällen, führte zu der großen zweiflügligen und von Laternen eingerahmten Eingangstür.

„Mein Hotel", flüsterte ich mit einer Mischung aus Ehrfurcht und Stolz, „mein Hotel".

In diesem Moment wurde die Tür aufgerissen und die gesammelte Mannschaft betrat den Hof.

Stine trug ein Tablett mit großzügig gefüllten Sektkelchen, und Lotti breitete die Arme aus, um mich zu empfangen. Knut, dem solche Empfänge zu bunt zu sein schienen, blieb beschämt einige Schritte hinter ihnen zurück und leistete so der ebenfalls eher zurückhaltenden Okka Gesellschaft.

Gerührt zog ich den Schlüssel aus dem Schloss, öffnete die Autotür und setzte meinen ersten Fuß auf Sylter Boden, um allen Hallo zu sagen. Ein kleiner Schritt für die Menschheit, ein großer Schritt für Danni Fischer.

„Herzlich willkommen, mien Deern. Möge dir die Insel das Glück bringen, das du dir erhoffst", trällerte Lotti und drückte mich an ihre üppige Brust.

„Von mir auch ein ganz herzliches Willkommen", tat es Stine ihr gleich und verteilte die Prickelbrause an alle Anwesenden.

„Hallo, Frau Fischer. Schön, dass Sie nun da sind", begrüßte mich auch Knut mit seiner tiefen, ruhigen Stimme, und auch Okka presste ein „Willkommen" durch den Strich, zu dem sie ihre Lippen geformt hatte.

Ich war so gerührt und euphorisch, dass ich mir beinahe meinen Sekt über die Bluse kippte, während ich mir verschämt eine Träne aus dem Augenwinkel wischte.

„Was für ein Empfang! Ich freu mich sehr, Sie zu sehen, und bin total überwältigt, wie schön hier alles geworden ist."

Tatsächlich hatte ich die letzten Arbeiten an der „DünenZeit" lediglich aus der Ferne via Fotos beobachten können, die Stine mir von dem nagelneuen Rechner an der kleinen Rezeption regelmäßig sendete. Jetzt, live und in Farbe, wirkte alles noch tausendmal schöner, so dass ich meinen Blick kaum abwenden konnte.

„Warten Sie erst einmal, bis Sie drinnen alles gesehen haben", plapperte Stine aufgeregt, „das ist so was von geil geworden! Heute Morgen konnte ich es kaum erwarten, zur Arbeit zu kommen."

Ich genoss das Strahlen in ihren Augen und ließ mich von ihrer Begeisterung anstecken: „Ich bin schon ganz gespannt, Stine. Sie müssen mir gleich unbedingt alles zeigen. Vom Scheitel bis zur So …"

„Naja", unterbrach es mich da von der anderen Seite, „über die neuen Böden müssen wir aber noch mal reden. Wer sich das ausgedacht hat, weiß ich nicht. Da sieht man sofort jeden Dreck drauf. Als hätten wir nichts anderes zu tun, als mit einem Wischmop hinter unseren Gästen her zu rennen." Mein Sonnenschein Rotti-Okki hatte gesprochen und schaute pikiert in die Runde.

„Das ist ja zum Glück nicht deine Sorge", sprang Lotti für mich in die Bresche. „Und der Putztuchschwingenden Fraktion gefällt der neue Parkettboden sehr gut", fügte sie augenzwinkernd hinzu.

Sollte es eine Steigerung für „verkniffen" geben, dann spiegelte Okkas Gesicht diesen Zustand nunmehr wider, trotzdem war ich froh, der ersten unschönen Diskussion noch vor dem Übertreten der Türschwelle entkommen zu sein.

Wirklich beeindruckend, wie Lotti sich durchzusetzen vermochte, ohne dass sich dabei auch nur eine Spur von schlechtem Gewissen abzeichnete. Strahlend nippte sie an ihrem Glas, als wäre nichts gewesen. Ich beschloss, mir das als Vorbild zu nehmen und spätestens mit dem ersten grauen Haar über eine ähnliche Selbstsicherheit zu verfügen. Zu hohe Ziele sollte man sich ja auch nicht stecken.

„Sind Sie denn schon bereit für die große Eröffnungsfeier am Freitag?", fragte ich in die Runde. Bei dem Gedanken daran breitete sich ein nervöses Kribbeln in meiner Magengegend aus.

„Klar, das kriegen wir hin", antwortete Stine. „Ist ja Gott sei Dank alles rechtzeitig fertig geworden. Wir müssen nur noch einkaufen und alles vorbereiten. Es haben schon 40 Gäste zugesagt. Sogar der Bürgermeister von Friesum wird kommen. Der war gestern schon hier und hat sich ganz genau umgesehen. Hauke Petersen war auch dabei."

„Ganz genau umgesehen?", fragte ich Stine.

„Ja, die waren sehr interessiert an der ‚DünenZeit‘. Haben sich alle Zimmer zeigen lassen und so'n Zeugs gefragt über unser Konzept und so. Okka hat die Führung mit ihnen gemacht."

Ich sah zu Okka und ertappte sie dabei, sich ertappt zu fühlen. Ein nicht zu definierendes Gefühl sagte mir, dass hier etwas nicht stimmte: „Okka, was hat das zu bedeuten?"

Sich wie ein Aal windend, beantwortete sie meine Frage: „Bürgermeister Brodersen und Herr Petersen, als Vorsitzender des Hotelier-Stammtisches, wollten sich lediglich informieren. Hier eröffnet ja nicht alle Tage ein neues Haus. Da hab ich den Herren ihren Wunsch erfüllt und ihnen gezeigt, was sich hier alles getan hat."

„Und das ganz zufällig einen Tag vor meiner Anreise?" Langsam glaubte ich zu verstehen, was hier gespielt wurde:

„So geht das nicht, Okka. Einzig und allein die Direktorin entscheidet darüber, wer Einblicke in die Interna des Hauses erhält. Sie wissen doch gar nicht, welche Motive die beiden für ihren Besuch hatten!" Mein Herz schlug mir bis zum Hals.

„Nun ja. Ich wollte ja nur eine gute Gastgeberin sein", verteidigte sich Okka halbherzig, und nur dieses klitzekleine bisschen Reue in ihrer Stimme brachte mich dazu, von ihr abzulassen:

„Lotti, Knut, Sie kennen die zwei doch sicher. Was haben die Herrschaften hier gewollt?"

Knut legte seine Stirn in Falten:

„Ich weiß es nicht. Aber ich kenne den Brodersen und den Petersen schon viele Jahre. Wenn die im Doppelpack auftreten, hecken die bestimmt was aus. Ich werde mich mal ein wenig im Dorf umhören."

„Ja, ja, ja", plauderte Lotti dazwischen, „jetzt ist aber erstmal nicht die Zeit für Sorgen. Lasst uns reingehen und Frau Fischer alles zeigen."

„Danni", entfuhr es mir aus einem plötzlichen Impuls heraus. „Wir sind doch ab sofort so etwas wie die Gastgeberfamilie der ‚DünenZeit'. Bitte nennt mich alle Danni."

Seltsam. Auf der Insel fühlte ich mich nach nur wenigen Minuten dermaßen geerdet, dass mir alles andere als ein „Du" ähnlich unpassend vorgekommen wäre, wie eine Maibowle an Weihnachten.

Außerdem hatte ich plötzlich den Verdacht, dass es nicht schaden könnte, den Gemeinschaftsgedanken zu fördern. Vielleicht würde es noch einmal nötig sein, sich als starkes Team gegen Angriffe von außen zu schützen. Diesen Brodersen und seinen Kumpel Petersen würde ich am Freitag auf jeden Fall genau unter die Lupe nehmen.

Aber nun ging es erst einmal hinein in die nach neuen Materialien duftende „DünenZeit". Im Entrée erwartete uns die in schlichtem weiß gehaltene Rezeption im Landhausstil, daneben führte eine schön geschwungene Holztreppe in den ersten Stock.

Hätte ich nicht gewusst, dass ich mich definitiv im gleichen Gebäude befand, wie bei meinem ersten Besuch vor einigen Monaten, ich hätte es nicht geglaubt. Ich schielte auf den Boden. Ein Parkett aus gebeiztem Holz in Dielenoptik verlieh dem Eingangsbereich eine ungeheuere Gemütlichkeit und wirkte in Kombination mit den hellen Möbeln ähnlich einladend, wie die offenen Arme von Lotti.

Was um Himmels Willen konnte Okka daran auszusetzen haben? Ich drehte mich einmal um – nein, meine Straßenschuhe hinterließen keine deutlicheren Spuren, als sie es auch auf jedem anderen Belag getan hätten. Schikane, alles Schikane!

Der Pulk um mich herum schaute mich erwartungsvoll an:

„Und, was sagst du dazu, Danni?", forderte Lotti meine Meinung ein und umarmte leise jauchzend vor Freude Knut, der ob der Umarmung befremdlich dreinschaute.

„Es ist wunderschön. Das wird unseren Gästen gefallen", ließ ich meinen Gedanken freien Lauf.

„Lasst uns weitergehen. Wenn mich schon die Diele so umhaut, mag ich mir gar nicht ausmalen, wie der Rest aussieht." Ich stuppste Stine leicht an, woraufhin sich das kleine Grüppchen in Richtung Speisesaal in Bewegung setzte.

Hier blieb mir fast die Spucke weg. Das altmodische Spiegelbuffet war verschwunden, und ein großer Quader bildete nun, eingerahmt von ebenfalls quadratischen Sitzensembles, den Mittelpunkt des Raumes. Schon in wenigen Tagen würde hier das morgendliche Frühstücksbuffet thronen, Lachs, fangfrische Krabben, herrlich duftende Brötchen und selbst gemachte Marmeladen die Gäste zum Sündigen verführen.

Boden und Möbel hatte man, wie im Empfangsbereich, hell gehalten. Die Wände verzierte hingegen eine lavendel- und cremefarben-gestreifte Tapete, die auf Mannshöhe endete und mit eleganten Stuckleisten von dem schlichten Weiß darüber abgegrenzt war. Die Dünenlandschaft hatten unsere Haus- und Hofarchitekten ganz nach meinem Geschmack in Szene gesetzt: Große Panoramafenster gaben den Blick frei auf das Stückchen heile Welt hinter unserem Hotel. Beige, schwere Vorhänge säumten das Glas zu beiden Seiten ein und vermittelten den Eindruck, hier würde gerade das Stück „Naturschauspiel" auf die Bühne gebracht.

„Wow", entfuhr es mir, während mein Blick am ersten Akt des von Mutter Natur aufgeführten Schauspiels hängen blieb.

„Wenn wir Pech haben, sitzen unsere Gäste zukünftig den ganzen Tag beim Frühstück", witzelte Stine, „und gehen nur noch raus, um kurz zu gucken, ob das Meer noch da ist, wo es hingehört".

Unsere „DünenZeit"-Reisegruppe lachte. Lachte über die Worte unserer jungen Azubine, lachte vor Glück über das, was vor uns allen lag.

Mein Blick fiel auf eine neue Hütte im hinteren Bereich des Gartens: „Und das ist die kleine Wellness-Oase des Hotels? Hat schon jemand die Sauna getestet?", fragte ich und reckte den Hals, um einen besseren Blick auf die Anlage im Außenbereich zu erhalten. „Nein", gab Knut zurück. „Die Arbeiten sind erst vorgestern fertig geworden. Aber wenn du nichts dagegen hast, stelle ich mich gerne als Testperson zur Verfügung. 80 °C ist genau die richtige Temperatur für meine alten Knochen." Da war er wieder, der trockene Humor, den ich an Knut so mochte.

„Abgemacht Knut. Heute Abend ist für dich lange Sauna-Nacht angesagt. Und sag Bescheid, wenn ich Lotti für einen Aufguss schicken soll", lachte ich, und alle stimmten ein.

„Also, Danni, wirklich", konnte auch Lotti ein jugendliches Kichern nicht unterdrücken, „als wenn Knut Interesse hätte an vertrocknetem Gemüse".

„Na na, meine Liebe, da stell dein Licht mal nicht unter den Scheffel. Ein guter Wein will gereift sein!" Knut zwinkerte Lotti zu, welche daraufhin doch tatsächlich ganz rosa Wangen bekam. Nanu, hielt bei unseren liebenswerten Oldies etwa der Frühling Einzug? Was wusste ich eigentlich über das Privatleben von Lotti und Knut? Eigentlich kannt ich nur die grobe Inhaltsangabe, den Klappentext auf der Rückseite ihres Lebenswerks sozusagen:

Lottis Mann war vor etwa zehn Jahren gestorben, nachdem sie 35 glückliche Jahre miteinander auf der Insel verbracht hatten und die drei Söhne schon längst aus dem Haus waren. Knut hingegen hatte nie sein Ja-Wort gegeben und auch keine Kinder in die Welt gesetzt. Hier und da sollte es wohl mal die ein oder andere Liebschaft gegeben haben, aber im Endeffekt hatte sich, laut Inselfunk (Herrn und Frau Jansen war es wichtig, mich akribisch ins Bild zu setzen, bevor sie mir mit dem „Dünenläufer" auch ihr Personal anvertrauten), nie etwas Ernstes ergeben.

Erstaunlich war, dass Lotti und Knut sich schon von klein auf kannten. Sie waren auf benachbarten Höfen groß geworden und hatten neben der Sandkiste und der Schulbank auch stets ihre kleinen und großen Sorgen miteinander geteilt. Da beide Sylt nie verlassen hatten, bestand auch keine Gefahr, sich aus den Augen zu verlieren.

War das nicht auch so eine Art Ehe, wenn man sich bereits sein ganzes Leben lang kannte und nie getrennt hatte? Eine Art Ehe ohne Ehebett? Eine Liebe ohne Lust? Oder war da gar mehr Lust, als man es vermutete? Etwas, das über eine platonische Freundschaft hinausging, aber nie thematisiert wurde à la „1000-mal berührt, 1000-mal ist nichts passiert"?

Argwöhnisch beobachtete ich, wie Knut Lotti in eins der apfelähnlichen Bäckchen kniff und sich dann Richtung Garten aufmachte.

„Komm, Danni", riss er mich aus meiner gedanklichen Liebesschnulze, „ich zeig dir unseren Wellness-Tempel."

„Nee, ihr zwei, so einfach kommt ihr mir nicht davon", dachte ich, bevor ich dem Ruf in den Garten folgte.

Vor die Blockhaussauna hatte man einen kleinen muschelartigen Vorbau gesetzt, der in seinen Rundungen einem Tauchfass und einer Dusche Platz bot. Hinter der hölzernen Tür befand sich ein schmaler Vorraum zum Entkleiden. Wir durchquerten den Bereich mit wenigen Schritten und steckten unsere Köpfe in die eigentliche Schwitzzelle.

„Mensch, Knut, hier haben doch bestimmt acht Personen bequem drin Platz", bewertete ich die Ausmaße der hellen Sitz- und Liegebänke. „Und der Blick wieder … echt irre schön!"

Als hätte der technische Zeichner die Funktion „zentriert" gewählt, gewährte auch hier ein großes Fenster den Blick auf die angrenzende Natur. Ob Knut mir heute Abend einen Platz auf seinem Handtuch einräumen könnte? Na, das wäre dann wohl doch ein bisschen komisch.

Wir verließen die Wohlfühlhütte wieder und durchquerten den Garten, der mit Strandkörben und großen Kübelpflanzen gespickt zu einer Rast einlud.

„Lass uns bitte einen kleinen Moment verweilen, Knut", bat ich meinen rustikalen Begleiter und ließ mich zeitgleich in eines der typischen, windabweisenden Korbgeflechte sinken. „Ich brauch mal einen Moment, um das alles auf mich wirken zu lassen."

Knut setzte sich neben mich, und gemeinsam schwiegen wir, lauschten dem entfernten Meeresrauschen und den Schreien einiger fedriger Himmelsstürmer.

Die gesammelten Eindrücke hatten in der Achterbahn meiner Gefühle Platz genommen, die Gurte kontrolliert und waren nun in voller Fahrt bergauf und bergab, links herum, rechts herum, kopfüber und kopfunter.

„Du wirst dich hier gut einleben", durchbrach Knut mein inneres Chaos, als hätte er das Kreischen der Fahrgäste meiner Gefühlsachterbahn vernommen. „Sicher sind das Leben und die Leute hier für dich erst einmal ein wenig ungewohnt. Aber die Insel hat einen guten Kern, weißt du? Ich bin sicher, dass am Ende alles gut sein wird. So gilt es für mich, so gilt es für dich."

Ich schaute Knut an, doch dieser hatte festen Augenkontakt mit der vor ihm liegenden Weite geknüpft und machte keine Anstalten, diesen zu lösen.

„Und wenn dir der Weg dahin einmal zu steinig wird, kommst du einfach zu Lotti und mir. Wir haben immer ein offenes Ohr."

Ein Grinsen huschte über sein Gesicht, welches er mir nun zuwendete. Ich sah ihm direkt in die Augen und erkannte in ihnen all die Eindrücke, die Knut im Laufe seines Lebens auf Sylt hatte sammeln können.

„Ich bin mir sicher, dass du recht hast. Danke", erwiderte ich Knuts liebevollen Worte, klatschte ihm aufs Knie und stütze mich gleichzeitig ab, um mich zu erheben. „Dann lass uns dem Guten mal entgegengehen."

Lachend betraten wir wieder den Speisesaal und stolperten fast über Stine, die sich über einen Kleberest auf dem Parkett hermachte.

„Mistzeug, das geht nicht ab!", schimpfte sie und schaute ganz zerknirscht, als sie uns bemerkte. „T'schuldigung, Frau Fischer, seien Sie sicher, dass ich vor den Gästen niemals fluchen würde", rechtfertigte sie sich umgehend für ihre Ausdrucksweise.

„Das Danni gilt für alle, also auch für dich, Stine", übersah ich ihren Ausbruch. Fluchen tat doch jedem ab und zu ganz gut.

Was hatte ich damals auf Jan geflucht. Geflucht, geschimpft, gezetert. Mit absoluter Sicherheit hatte jedes im Duden verzeichnete Schimpfwort nach seinem Betrug mehr als einmal im Zusammenhang mit seinem Namen Verwendung gefunden.

Ich erinnerte mich sogar, einmal einen ganzen Nachmittag damit verbracht zu haben, im Internet Beleidigungen in anderen Sprachen zu recherchieren, um Jan diese um die Ohren zu hauen, sobald er reumütig wieder vor meiner Tür stehen würde.

Diese Situation war aber leider nie eingetreten, und mein unnützes Wissen hatte entsprechend nicht den Weg in die Öffentlichkeit gefunden. Aber wer wusste schon, wofür es gut war? Vielleicht würde ich irgendwann einmal bei Günter Jauch auf dem Ratestuhl sitzen und mit der Antwort auf die Frage: „Mit welchem Begriff können Sie einen Sudanesen auf die Palme bringen?", die Million gewinnen.

Mein Tag würde schon noch kommen. Und dann könnte Jan bleiben, wo der Pfeffer wächst. Keinen Cent würde er abbekommen von dem gewonnenen Preisgeld.

Mein Blick ruhte auf dem Rücken unserer Auszubildenden. Auch ihr würde der ein oder andere Jan in ihrem Leben sicher nicht erspart bleiben. Und der Liebeskummer wäre dann nicht so einfach wegzuwischen, wie der olle Klebefleck auf dem Boden.

Ich legte ihr eine Hand auf die Schulter, um ihre Aufmerksamkeit zu erlangen:

„Stine, mach doch mal einen Moment Pause und zeig mir die Gästezimmer. Dann sind wir auch durch mit unserem Rundgang und können uns in Ruhe zusammensetzten."

„Logo, mach ich gern!" Stine erhob sich prompt und steuerte enthusiastisch auf die Treppe im Empfangsbereich zu. Zwei Stufen auf einmal nehmend, war sie im Nullkommanichts oben und drehte sich ungeduldig zu mir um. Als waschechtes Mitglied der Lübecker Jogger-Community konnte ich das natürlich nicht auf mir sitzen lassen, legte einen Zahn zu und war im Nu bei ihr.

„So nicht, Fräulein", lächelte ich in mich hinein und versuchte, nicht zu schwer zu atmen.

„Hier entlang bitte, Madame, zunächst einmal besuchen wir die Suite im Westflügel", führte mich Stine in gespielt professionellem Ton durch den Gang. „Der Dünenblick ist magnifique, sicherlich ganz nach Ihrem Gusto", verweilte sie in ihrer Rolle als Concierge eines französisch-italienischen Fünf-Sterne-superior-Hotels.

In den Zimmern erwartete mich das gleiche ansprechende Ambiente wie im Erdgeschoss. Ein großes, sorgfältig bezogenes und mit vielen Kissen geschmücktes Doppelbett dominierte das Zimmer.

Über der mit hellem Leder bezogenen Rückwand des Möbels schmückte das Gemälde eines einheimischen Künstlers den Raum. Es zeigte die Silhouette eines von den Tieren der Nordsee umgebenen Mädchens, das auf das Meer hinaus schaute. Von dem Bild ging eine ganz besondere Faszination aus, so dass es mir schwer fiel, meinen Blick der anderen Seite des Raums zuzuwenden.

Hier befand sich ein kleines Sitzensemble, bestehend aus zwei gemütlichen Ohrensesseln in hellem Streifenmuster und einem kleinen Tischchen in der Mitte. Die Fensterfront war nunmehr bodentief gestaltet und bot neben dem obligatorischen Blick über den Garten und die Dünen den Austritt auf einen kleinen Balkon mit Süd-West-Ausrichtung, auf dem gemütlich zwei Personen Platz fanden.

Zufrieden trat ich in die kühle Luft hinaus und nahm eine Kostprobe von dem Gefühl, das unsere Gäste schon ganz bald würden genießen dürfen.

Warum konnte es mit Beziehungen nicht so einfach sein, wie mit Immobilien? Dann würde ein simpler Anruf beim Architekten genügen und alles, was morsch und nicht mehr so recht ansehnlich war, würde ruck-zuck wieder glänzen wie neu: „Wissen Sie, mein Mann gefällt mir irgendwie nicht mehr. Hier und dort bröckelt es, und sein Look ist ja so was von überholt, überhaupt nicht mehr zeitgemäß. Können Sie da nicht irgendetwas machen? Vielleicht hilft ja schon ein bisschen Farbe."

„Aber selbstverständlich, kein Problem, meine Beste. Ein kleiner Schliff hier und ein großer Schliff dort, und Ihr Göttergatte wird kaum wieder zu erkennen sein. Geben Sie mir einfach ein paar Tage. Oder wünschen Sie eine Grundsanierung? Dann müssten wir natürlich ein wenig mehr Zeit einplanen."

Welch herrlicher Gedanke! Aber in der Realität wohl doch nicht so leicht umsetzbar.

Zurück im Zimmer warf ich noch einen Blick in das Bad. Nicht riesig, aber mit Dusche und kleiner Wanne ausgestattet, machte dieses einen rundum einladenden Eindruck. Perfekt für das große und kleine Waschvergnügen.

„Unsere Architekten haben eine großartige Arbeit geleistet, findest du nicht auch, Stine?", fragte ich, nachdem ich die Badezimmertür wieder ordentlich verschlossen hatte.

Stine strahlte mich an: „Auf jeden Fall! Ich bin ja so froh, dass die Tage von Beschwerden über quietschende Matratzen und Flecken auf den Teppichen vorbei sind. Das war echt blöd. Am liebsten hätte man den Gästen zugestimmt, stattdessen mussten wir jeden Tag gucken, wie wir die Kuh vom Eis bekommen."

Oh ja, das konnte ich mir gut vorstellen. Mit den Bedürfnissen von Hotelgästen war ich bestens vertraut. Allerdings hatten wir es in der „HanseZeit", aufgrund unseres sehr guten Standards, eher mit den überhöhten Ansprüchen einiger Gäste zu tun gehabt.

Das „Dünenläufer" mit seinem Renovierungsstau, hatte bestimmt täglich Gäste mit diversen Beschwerden auf den Plan gerufen, die vor allem vom Service-Personal aufgefangen werden mussten. Arme Stine. Selbst Okka tat mir in diesem Moment ein bisschen leid.

Vielleicht hatte ihre Abwehrhaltung gar nichts mit mir, sondern mit den negativen Erfahrungen zu tun, die sie hier im Laufe ihrer Berufsjahre machen musste? Ich hatte schon den Tatendrang so einiger hoch motivierter Anfänger an der ständigen Kritik und dem hohen Anspruchsdenken vielgereister Hotelgäste zerbrechen sehen.

Am Ende des Flures führte mich Stine zu einer Tür mit der Aufschrift „Privat". Dahinter lag mein Appartement, das von nun an mein Zuhause sein würde. Von dem kleinen Flur ging zur rechten Seite das Bad ab, geradeaus gelangte man in den gemütlich eingerichteten Wohnbereich.

Hier empfing mich duftend ein riesiger, bunter Blumenstrauß. Ich griff nach der beigefügten Karte:

„Für unsere liebe Frau Fischer. Auf dass Sie sich bei uns wohlfühlen!", stand da. Alle hatten unterschrieben, Stine hatte ihre Signatur zusätzlich mit einem Smiley verziert. Sofort stieg mir wieder Pipi in die Augen, das ich schnell wegzwinkerte.

Nicht, dass mich unsere junge Auszubildende noch für so ein emotionales Weibsstück hielt, das sich nicht im Griff hatte. Oder sollte ich lieber sagen: Nicht, dass unsere junge Auszubildende noch merkte, dass ich ein emotionales Weibsstück war, das sich nicht im Griff hatte? Egal. Augen trocknen, durchatmen, weitermachen …

Eine zusätzliche Tür führte in ein schmuckes Schlafzimmer mit französischem Bett, großem Kleiderschrank und leichten Dachschrägen.

Um für möglichst viele Gäste den wundervollen Dünenblick vorzuhalten, hatte man meine Privatgemächer an der Seitenfront bzw. auf der Hofseite realisiert. Durch das Fenster konnte ich das Nachbargebäude sehen, ebenfalls ein kleines Hotel mit dem Namen „Strandläufer".

Das Haus schien zwar nicht neu, aber recht gut in Schuss zu sein und hatte mit seinem Friesengiebel und dem urigen Reetdach durchaus Charme. Ich trat näher ans Fenster, um mir das Nachbargrundstück genauer anzusehen.

Täuschte ich mich, oder hatte sich da im ersten Stock jemand, von mir ertappt, ruckartig von der Scheibe entfernt? Die Bewegungen der Gardine zeugten jedenfalls von einer kürzlichen Berührung. Ach, vielleicht hatte ich mich ja auch getäuscht, oder ein Gast hatte nur eben einen Blick nach draußen geworfen.

Leicht an meinem Verstand zweifelnd, wendete ich mich wieder dem Bett zu. Meine Koffer hatten (Knut sei dank) schon den Weg in ihr neues Heim gefunden und warteten nun darauf, ausgepackt zu werden.

„Später, meine Lieblinge", flüsterte ich den darin befindlichen Textilschätzen so leise zu, dass Stine es nicht hören konnte, und drehte ihnen vorerst den Rücken zu. Zunächst einmal musste ich noch mein neues Büro inspizieren.

Dieses befand sich im Rücken der Rezeption und hatte mit geschätzten fünfzehn Quadratmetern eine angenehme Größe. Vis à vis zu meinem bot ein zweiter Schreibtisch Mitarbeitern der Rezeption die Möglichkeit zur Arbeit im so genannten „Backoffice", also dem abgetrennten Bereich, fern ab vom Trubel am Empfang.

Regale, eine Sitzecke und eine große Topfpflanze komplettierten das Bild eines modernen Otto-Normal-Büros. Ich würde dem Raum wohl mit ein wenig Schnick-Schnack und Nippes später eine individuelle, weibliche Note verpassen müssen.

Stöhnend ließ ich mich in den schweren Bürostuhl hinter meinem Schreibtisch fallen und lehnte mich zurück. Von hier aus hatte ich die Tür und, so diese geöffnet war, die Rezeption bestens im Blick. Die Eigenart vieler Frauen, immer mit dem Gesicht zum Raum sitzen zu müssen, brachte mich zum Schmunzeln. Bloß nichts verpassen, ob im Szene-Restaurant oder im Büro!

Vor mir auf dem Bildschirm vollführte das neue Logo der „DünenZeit" seinen immerwährenden Tanz, gebremst nur durch die Ecken des 27-Zoll-Gehäuses.

Ich spielte mit einer Haarsträhne, drehte mich langsam mit meinem Stuhl um die eigene Achse, ließ den Blick durch den Raum schweifen und versuchte zu begreifen, wie mir geschah.

Wäre ich noch heute Morgen zu Gast in einer Talkshow gewesen, hätte mich der Balken unter meinem Bild als „die sitzengelassene Hotelfachfrau, Anfang 30, aus Lübeck" vorgestellt. Und jetzt, nur einige Stunden später, war ich die junge und erfolgreiche Hoteldirektorin Danni Fischer.

Bittere Rachegefühle und Liebeskummer schienen in Niebüll wohl den Zug verpasst zu haben (hatten sich bestimmt noch kurz vor Abfahrt einen Kaffee kaufen wollen) und standen nun entweder noch immer, bedröppelt aus der Wäsche schauend, am Gleis oder hatten sich bereits auf den Nachhauseweg gemacht. Tja, hätten sie nur ein wenig von meinem Pünktlichkeitszwang geerbt, wäre ihnen das sicher nicht passiert. Aber mir war es durchaus recht, die ungeliebten Gefährten los zu sein.

Schwungvoll erhob ich mich wieder und ging in die Küche. Hier hatte sich das ganze Team um ein rustikales Abendessen versammelt.

„Komm, Danni, setzt dich zu uns", lud mich Lotti in die Runde ein. „Wir haben eine Bauernplatte vorbereitet, alles frisch vom Schlachter."

Vor mir türmten sich auf einem großen Bricken Leber- und Blutwürste, Schinken und Schmalz. Der Geruch von frisch gebackenem Brot und würzigem Tee stieg mir in die Nase, und wie ferngesteuert ließ ich mich auf einer der Bänke, zwischen Okka und Knut, nieder. Erst jetzt bemerkte ich, dass ich den ganzen Tag nichts in den Magen bekommen hatte. Entsprechend wütend gab mein Bauch grummelnde Geräusche von sich. Entschlossen belud ich meinen Teller mit einer dicken Scheibe Mischbrot, bestrich sie mit einer ordentlichen Schicht Butter und garnierte das ganze großzügig mit grober Blutwurst.

Kauend dachte ich daran, dass ich mir in meinem Lübecker Alltag eher die Hände abgeschnitten hätte, als so ungehemmt zu sündigen. Hier aber, umgeben von der salzhaltigen Nordseeluft, schien fetthaltiges Essen das einzig Richtige zu sein.

„Sagt mal, wem gehört eigentlich das ‚Strandläufer' nebenan?", fragte ich in die wild kommunizierende Runde.

Stine sah mich fragend an:

„Na, dem Petersen. Ich dachte, das wüsstest du?"

Vor Schreck verschluckte ich mich und musste wild husten, um ein paar verirrten Krümeln den Weg aus meiner Luftröhre zu weisen.

„Petersen? Etwa dem Petersen, der sich hier gestern in aller Ruhe umgeschaut hat?" Grimmig blickte ich zu Okka, doch diese war damit beschäftigt, konzentriert den Speckrand von einer Schinkenscheibe zu entfernen.

Lotti, die die Szenerie beobachtet hatte, kratzte sich nachdenklich am Kinn:

„Jetzt mach dir mal nicht so viele Gedanken, Danni. Selbst wenn der Petersen was im Schilde führen sollte – wir werden dem schon das Handwerk legen. Der hat schon immer gegen alles Neue gestänkert. Meint wohl, die alt eingesessenen hätten Hausrecht."

Sie schüttelte missbilligend ihren silbernen Lockenkopf.

„Bisher war sein ‚Strandläufer' das größte Hotel in Friesum, was er auch jeden hat spüren lassen. Aufgeführt hat der sich! Als wäre er der König der Insel. Und unser werter Bürgermeister gehört zu seinem Fußvolk. Jetzt hat Petersen natürlich Angst, dass die

‚DünenZeit' ihm und seinem Haus den Rang abläuft. Das kann sich der selbst ernannte Inselkönig natürlich nicht bieten lassen."

Sie machte eine kurze Pause, als schien sie zu überlegen, ob sie mir das nun Folgende wirklich sagen sollte:

„Weißt du, Danni, wahrscheinlich wollte dein Chef dich damit nicht belasten, aber unser emsiges Duo hat – seit bekannt wurde, dass das ‚Dünenläufer' verkauft werden soll – nichts unversucht gelassen. Petersen hatte geplant, das Hotel zu kaufen und das, wie er es nannte, rotte Gemäuer abzureißen und an gleicher Stelle ein Appartementhaus mit Wellness-Bereich bauen zu lassen. Quasi als Erweiterung des ‚Strandläufers'. Doch da hatte er die Rechnung ohne Herrn und Frau Jansen gemacht. Die waren sowieso schon lange genervt von der arroganten Art ihres werten Nachbarn. Und dass er das Zuhause der Jansens, ihr Lebenswerk, einfach so mir nichts, dir nichts abreißen wollte, hat das Fass zum Überlaufen gebracht. Die Jansens haben dann, ohne mit der Wimper zu zucken, das Angebot aus Lübeck angenommen und vertraglich eine Sanierung vereinbart." Die Erinnerung daran schien Lotti zu gefallen, denn ein schelmisches Lächeln huschte über ihr Gesicht.

„Petersen hat getobt, als er das erfahren hat! Kam abends in den Dorfkrug gestürmt und hat den Bürgermeister angebrüllt, wie er den Verkauf zulassen konnte. Dabei waren dem Bürgermeister die Hände gebunden, immerhin handelte es sich ja um Privatbesitz."

Lotti hob ihr Bierglas an die Lippen, durstig geworden von ihren Erzählungen.

„Als nächstes fielen ihm dann die Jansens zum Opfer. Er drohte ihnen damit, im Ort schlimme Details über die Familie offenzulegen, sollten sie ihre Entscheidung nicht überdenken. Das war eine schwere Zeit für die lieben Jansens, immerhin hatten sie sich stets bemüht, sich gut in die Dorfgemeinschaft zu integrieren. Und obwohl sie nichts zu verbergen hatten, das nicht ähnlich als gut gehütetes Geheimnis in jeder Familie zu finden war, wussten sie lange Zeit nicht, was sie tun sollten. Schlussendlich entschlossen sie sich aber, Petersen die Stirn zu bieten und nach Nordrhein-Westfalen, in die Nähe ihres ältesten Sohnes, zu ziehen. Dort würde es sie dann nicht mehr interessieren, welche hässlichen Lügengeschichten in Friesum die Runde machten, sagten sie." Hilfesuchend sah sie Knut an, der ihr ernst, aber aufmunternd zunickte.

„Naja und dann hat unser Nachbar versucht, den Bau zu sabotieren. Schaltete die Denkmalbehörde ein und versuchte, Gemeindevertreter zu bestechen, um zum Beispiel das Saunahäuschen zu verhindern. Gott sei Dank hatte nichts davon Erfolg. Aber der Ärger und die Zeitverzögerung waren schon Strafe genug."

„Einmal haben wir sogar tote Ratten in unserem Briefkasten gefunden", schaltete sich Stine ein.

„Das ist echt so ein Idiot, der Petersen. Seine Mitarbeiter behandelt der wie Fußvolk. Ich bin mit Janne befreundet, die hat drüben ihre Ausbildung gemacht. Kaum auszuhalten war das! Mindestens einmal die

Woche hat sie sich damals bei mir ausgeheult, weil ihr Chef sie wieder vor den Gästen zur Sau gemacht hatte. Und das nur wegen Kleinigkeiten, wie einem fehlenden Kandistopf bei der nachmittäglichen Teezeremonie. Sobald sie ihr Zeugnis in der Tasche hatte, ist sie nach Westerland gewechselt. Weg von diesem Tyrann."

Okka sah Stine strafend an:

„Also wirklich, Stine, wie redest du denn über Herrn Petersen? Mir gegenüber ist er immer äußerst zuvorkommend und höflich. Erst letztens hat er mir das Gartentor aufgehalten, als ich beladen mit Einkäufen vom Auto kam. Und das ‚Strandläufer' ist ein sehr gepflegtes, ordentliches Haus. Als Direktor eines Traditionshauses kann man es nun mal nicht jedem recht machen, wenn man erfolgreich sein möchte." Sie setzte ihre Teetasse an den Mund und zeigte damit, dass ihre Ausführungen am Ende waren.

„Jaha, das glaub ich, dass der Petersen dich hofiert, Okka", witzelte Stine munter drauf los. „Der weiß schon ganz genau, wie er an seine Informationen kommt. Und er scheint ja sehr erfolgreich zu sein mit seiner Charmeoffensive."

Okka schien den zweifelhaften Humor unserer Auszubildenden nicht ansatzweise zu teilen. Sie pfefferte ihre Tasse auf das Holz, dass es nur so krachte und verließ mit den Worten „das muss ich mir von dir nicht sagen lassen, Stine" wütend den Raum.

Von gemütlich warm war das Raumklima im Nu auf eisig kalt gefallen. Wir schauten uns eine ganze Weile verdattert an. Dann fing Knut, gerade unser ruhender Pol Knut, lautlos zu beben an:

„Da hat sich wohl jemand ertappt gefühlt." Jetzt konnte er sein Grinsen nicht mehr unterdrücken, und wir alle stimmten ein in ein immer lauter werdendes Lachkonzert. Mir liefen schon Tränen über die Wangen, so absurd komisch war die Situation. Ob ich vor Freude oder aus Verzweiflung lachte, konnte ich gar nicht sagen, aber eine ordentliche Portion Galgenhumor konnte wohl im Moment nicht schaden.

Als wir uns langsam wieder beruhigten, hatten wir unsere letzten Energien verbraucht.

„Zeit fürs Bett", brachte Lotti es auf den Punkt, und keiner widersprach.

Fünf Minuten später lag ich eingemummelt in meiner neuen Koje. Todmüde, aber vom Schlafen so weit entfernt, wie Manta-Fahrer vom Niveau oder It-Girls vom Talent.

Dieser verdammte Grotelüschen. Den würde ich durch den Hörer holen, wenn ich ihn das nächste Mal an die Strippe bekäme! Erst überraschte er mich mit unserem wenig handzahmen Hoteldrachen, und jetzt erfuhr ich auch noch, dass man der „DünenZeit" – und womöglich auch mir? – nach dem Leben trachtete!

Wäre diese Information nicht womöglich wichtiger gewesen als der gestrige Hinweis meines Chefs darauf, dass die Stammgäste Meier jedes Jahr in Zimmer 001 untergebracht würden? Und hätte Herr Grotelüschen mich nicht spätestens auf meine Frage, ob es sonst etwas Wichtiges zu beachten oder zu wissen gebe, einweihen müssen?

Verärgert drehte ich mich auf die andere Seite und wünschte meinem unsolidarischen Vorgesetzten für einen mini-kleinen Augenblick die Pest an den Hals. Gut, das war vielleicht ein wenig zu hart. Also Impotenz für mindestens einen Monat. Oder zwei. Ich wusste, wie sehr ihn das treffen würde. Nicht nur einmal hatte ich ihn mit Gespielinnen, die eindeutig nicht seine Ehefrau waren, in einer unserer Suiten verschwinden sehen. Ein offenes Geheimnis, das jeder Mitarbeiter, dem sein Job lieb war, gefälligst zu hüten hatte.

Ich glaubte sogar zu wissen, dass das Geheimnis so offen war, dass sogar die werte Gattin dem Bund der Mitwisser angehörte. Vor dem Hintergrund, dass es ihr als Hausherrin einer strandnahen Jugendstil-Villa und als gut betuchtes Mitglied des Golfclubs, außer an der Monogamie ihres Ehemanns, an nichts fehlte, war sie scheinbar bereit, sich mit der Situation zu arrangieren.

Meiner Meinung nach war das vergleichbar mit einem Seelenverkauf an den Teufel, aber was wusste ich schon von einer guten Ehe.

Was ich diesem Petersen an den Hals wünschen sollte, war mir jedoch noch nicht klar. Den würde ich wohl erstmal kennen lernen müssen.

Herrje, ich hoffte inständig, dass er, jetzt wo die „DünenZeit" eröffnet wurde, aufgegeben hatte und nichts mehr im Schilde führte. Wenn ich ehrlich zu mir war, wusste ich aber, dass dies zu glauben vor Naivität nur so strotzte. Ein Mann, wie ihn Lotti beschrieben hatte, würde sicher nicht aufgeben, bevor er nicht das bekommen hatte, was er wollte.

Ich kannte genug dieser vor Selbstsicherheit und Arroganz triefenden Typen. Vielen von ihnen hatte das Nichtvorhandensein jeglicher Selbstzweifel in Kombination mit seelenlosem Verhalten nämlich vor allem eines beschert: Jede Menge Geld und Macht! Und so durfte ich einige Paradebeispiele der Gattung „I'm sexy and I know it" regelmäßig in der „HanseZeit" willkommen heißen. Großzügig mit Lobgesängen auf sich selbst und Blicken auf meinen Hintern ließen sie sich so sehr als Gottes Meisterwerk feiern, dass Außenstehenden nur noch das Fremdschämen blieb.

So ein Prachtexemplar hatte sich nun also als mein Nachbar das Ziel gesetzt, die „DünenZeit" zu sabotieren. Na prima.

Und was hatte Okka mit der ganzen Geschichte am Hut? Gehörte sie wohlmöglich zu Petersens Garde? Nein, das konnte ich mir eigentlich nicht vorstellen. Auch wenn ihr Verhalten zu wünschen übrig ließ, so gehörte sie doch seit vielen, vielen Jahren zur Stammbesatzung und hatte den Jansens immer die Treue gehalten. Sicher würde sie mit mir und dem neuen Konzept nur warm werden müssen.

Wieder drehte ich mich, gestört von meiner Unruhe, und das Bett knarzte. Der Wind hatte zum Abend hin aufgefrischt, vor dem Fenster blies nun eine kräftige Brise.

Ich zwang mich, den Gedankenstrom in meinem Kopf zu unterbrechen, und fiel kurze Zeit später in einen tiefen Schlaf.

Ich erwachte, weil mich ein Sonnenstrahl auf der Nase kitzelte. Verwirrt schaute ich mich um.

Eben noch hatte ich im Nachthemd auf dem Dach der „DünenZeit" gesessen. Von dort hatte ich einen wunderbaren Überblick gehabt, bereit, das Haus gegen Angriffe von nebenan zu schützen. In einem Korb lagen grobe Blutwürste, mit denen ich werfen wollte, sollte jemand versuchen, das Grundstück unbefugt zu betreten.

Im Vorgarten hatte eine Schwarz-Bunte gegrast, daneben versuchte Okka den heruntergekommenen Torbogen des „Dünenläufers" wieder aufzubauen. Dabei guckte sie von Zeit zu Zeit grimmig zu mir hoch.

Dann kam Jan die Straße entlang geschlendert. Er betrachtete mich abschätzig, wie ich so da oben auf dem Dach saß, schnappte sich mit den Worten „den brauchst du eh nicht" meinen Kombi und fuhr winkend davon. Eine grobe Blutwurst erreichte den Wagen nicht mehr und landete kurz hinter dem Gartenzaun.

„Was für ein Blödsinn!", murmelte ich und schüttelte den Kopf. Sagte man nicht, der erste Traum im neuen Zuhause würde wahr werden? Na, da standen mir ja rosige Zeiten ins Haus.

Ich streckte mich einmal und verließ dann mit einem Schwung das Bett. Sicher hatte es auch Symbolcharakter, auf welche Weise man nach der ersten Nacht im neuen Zuhause in den Tag startete.

Es war gerade einmal acht, als ich die Treppe herunterkam, trotzdem schien das ganze Haus schon seit Stunden wach zu sein.

Lotti sauste mit einem knappen „Guten Morgen, meine Liebe!" auf den Lippen und einer Schüssel Wasser in der Hand an mir vorbei und hinaus in den Garten, wo Knut sich bereits mit einem Lappen an den neuen Laternen zu schaffen machte.

Hinter der Rezeption traf ich auf Okka, die wie gebannt auf den Bildschirm starrte.

„Mistding, elendes", murmelte sie und hämmerte, mit strengem Blick über ihre Brille linsend, auf der Enter-Taste herum.

Dem Klopfen nach zu urteilen, waren zudem irgendwo im Haus die Handwerker zugange und erledigten letzte Arbeiten vor unserem großen Opening.

Ich ging auf Okka zu.

„Guten Morgen, Okka", begrüßte ich sie, während sie weiter auf die Tastatur eindrosch, „kommst du zurecht?"

Okka starrte mich an, als würde der Mann im Mond nach einem Zimmer in der „DünenZeit" fragen:

„Was? Achso ja, guten Morgen. Ach, das neue Buchungssystem ist ja so schrecklich kompliziert. Warum muss neuerdings auch alles nur noch von diesen furchtbaren Geräten abhängig sein? Als hätte es der gute alte Terminblock nicht auch getan. Das hat man jetzt davon. Ärger, nichts als Ärger."

Ich verzichtete darauf, Okka einen Vortrag über die Vorteile neuer Technologien zu halten, und ging neben ihr in Position.

Da wir in der „DünenZeit" mit dem gleichen System arbeiten würden wie in der „HanseZeit", beherrschte ich das Programm im Schlaf. Kein Grund also für Panik.

„Sieh mal, Okka", versuchte ich es in einem verständnisvollen Ton. „Wenn du die Buchung bestätigen möchtest, setzt du einfach das Häkchen bei Festbuchung oder Option und gehst dann auf die Ok-Taste. Schon öffnet sich das Buchungsformular, bereit zum Druck. Ich denke, es wäre sinnvoll, wenn ich Stine und dir nachher noch einmal die wichtigsten Funktionen erkläre, quasi als kleinen Schnellkurs." Ich beendete die Aktion am Computer und wendete mich meiner Kollegin zu:

„Apropos, wie sieht es eigentlich mit den Buchungen aus? Sind bereits Zimmer ab Samstag belegt?"

Ich versuchte, meine Aufregung zu unterdrücken. Natürlich war ich unheimlich gespannt, wie die „Dünen-Zeit" bei den Gästen ankommen würde. Klar, wir befanden uns mitten in der Nebensaison, aber gerade durch unser kleines Wellness-Angebot, verpackt in liebevoll geschnürte Pakete, war ich voller Hoffnung auf eine gute Auslastung. Und der Aufenthalt unserer ersten Gäste würde natürlich besonders spannend sein. Würden wir als Team gut funktionieren? Würde den

Gästen das Ambiente gefallen? Würden die Gäste das Frühstück mögen? Ein riesiger Haufen Konjunktive, dem wir lediglich mit einer guten Vorbereitung begegnen konnten.

Okka zog eine Schublade auf und holte den eben erwähnten, vor Eselsohren schon „I-A" schreienden Terminblock heraus.

Das schlug dem Fass ja wohl den Boden aus! Da hatten wir eines der modernsten Buchungssysteme, ausgestattet mit einem umfassenden Modul zur Kundenpflege (welche Marmelade isst Herr Schneider am liebsten, und wie kann ich diese Information verwenden, damit er wieder bucht?) und kompatibel mit quasi allen Buchungsmaschinen im Internet, und unsere Empfangsdame notierte noch immer fein säuberlich „Achtung: Begleitung ist Ehefrau, nicht Tochter!" in die rechte Spalte ihres antiquierten Büchleins.

Vielleicht hätte man die Software lieber auf die Kompatibilität mit Okka testen sollen als auf die Verträglichkeit mit HRS oder anderen Portalen.

„Okka, ich kann ja verstehen, dass du an Bewährtem hängst. Aber die Umstellung auf unser Buchungsprogramm steht nicht zur Diskussion. Wir MÜSSEN mit der Zeit gehen, wenn wir nicht von der Konkurrenz abgehängt werden wollen. Ich wette, sogar der Herr Petersen arbeitet schon seit Jahren mit einem solchen System."

Guter Schachtzug, Danni! Dem Petersen-Argument würde sich Okka doch sicher nicht entziehen können. Oder etwa doch?

Beleidigt schlug sie ihr Buch wieder zu, und ich staunte, dass die marode Bindung selbst einer solch rabiaten Handhabung standhielt.

„Das, was Herrn Petersen zu einem guten Hotelier macht, ist seine Verbindung zu der Insel und den Menschen hier. Kein Buchungssystem der Welt kann das ersetzten. Und ja: Am Samstag haben wir vier Anreisen. Einmal die Familie Stöterau, die bereits seit 25 Jahren ihren Urlaub bei uns verbringt. Die Herrschaften haben sich übrigens böse beschwert, weil sie jetzt fast das Doppelte für ihr Zimmer zahlen müssen. Ich habe ihnen als Wiedergutmachung unsere Suite angeboten."

Sie hatte was? Mal eben eigenständig ein Upgrade erteilt und damit unsere einzige Suite für den Aufenthalt der Stammgäste geblockt?

Reife Leistung, da konnte man nur hoffen, dass keine kurzfristige Buchung für unser bestes Zimmer reinkam. Obwohl, angenommen diese käme per Online-Buchung und nicht per Telefon, würde Okka die Anfrage ja sowieso nicht bearbeiten. Insofern war doch alles in Butter. Und was sollte bitte der Seitenhieb mit Petersen schon wieder?

Ich wusste, dass ich ein solches Verhalten in keinem Fall hinnehmen durfte. Aber ganz ehrlich? Mir fehlte in diesem Moment, noch vor meinem ersten Kaffee, die Kraft, mit meiner renitenten Lieblingsangestellten umzugehen. Und so schwieg ich und folgte mit Grummeln im Bauch ihrem weiteren Bericht:

„Und dann kommt noch ein junges Pärchen aus Bayern. Die sind zum ersten Mal auf der Insel und wollen hier wohl ihre frische Liebe zelebrieren. Hoffentlich machen die nachts nicht so einen Krach."

Ich lachte laut auf. Hatte Okka da etwa einen Scherz gemacht? Nein, ihr erstauntes Gesicht deutend, hatte sie das völlig ernst gemeint. Peinlich berührt, ließ ich meine euphorischen Gesichtszüge wieder in ihre Ausgangsposition wandern und setzte zudem einen interessierten Ausdruck auf.

Okka schien das zu genügen, denn sie fuhr fort:

„Und dann kommen noch eine ältere Dame und ein junger Herr."

Mein Klatsch-Zentrum war sofort freudig erregt:

„Zusammen?" Okka sah mich pikiert an:

„Natürlich nicht. Andererseits braucht einen heute ja gar nichts mehr zu wundern. Da kommen die Frauen in die Menopause und haben plötzlich das Bedürfnis wieder einen Jungspund an ihre Brust zu lassen. Also wirklich."

Ich musste mich anstrengen, nicht zu lachen. Auch wenn Okka ihre Art nicht als Humor erkannte, amüsierte mich ihr verbittert–sarkastischer Blickwinkel auf die Welt doch sehr. Aber da sie nicht mit mir lachte, würde ich bei entsprechender Reaktion über sie lachen, und ich war mir sicher, dass sie darüber nicht gerade erfreut sein würde.

Ich lächelte Okka milde zu und begab mich dann in die Küche. Einen extra starken Kaffee hatte ich mir nach diesem Start in den Tag redlich verdient.

Ich schenkte mir gerade meine Tasse voll, als Stine mit einem großen Stapel Handtücher in die Küche kam. Da sie nichts sehen konnte, lief sie mir ungebremst in die Seite, mein Kaffee schwappte über und landete zielgenau auf der sauberen Wäsche.

„Hoppla, schon so stürmisch am Morgen?", sagte ich und stellte meine halbleere Tasse auf den Tisch, um eine Küchenrolle zu besorgen.

„Mensch, Danni, das tut mir leid. Ich hab dich nicht gesehen! Das kommt davon, dass ich mir einen Weg sparen wollte, jetzt kann alles noch mal in die Wäsche." Sie guckte kurz bedröppelt aus ebendieser, doch dann kehrte ihr neckischer Ausdruck zurück: „Wenn wir so weiter machen, müssen wir die Eröffnung noch nebenan im ‚Strandläufer' feiern."

Da hatte sie gar nicht mal so unrecht. Gerade mal zwei Tage, inklusive dem heutigen, blieben uns noch für die Vorbereitungen. Und es gab noch einiges zu tun!

Im Frühstücksraum sollte ein umfangreiches Buffet aufgebaut werden, und für den Gartenbereich hatten wir ein offenes, beheiztes Vorzelt für einen kleinen Empfang geplant. Wir mussten also noch putzen, einkaufen, das Zelt aufbauen, den Frühstücksraum umräumen, die Stehtische aufstellen, dekorieren und, ja, was noch? Ich beschloss, sofort in mein Büro zu gehen und eine To-do-Liste anzufertigen.

Ich war seit jeher ein Fan solcher Listen, brachten sie doch eine gewissen Struktur in mein sonst manchmal furchtbar ungeordnetes Leben. Man schrieb einfach alles auf, an was es zu denken galt, und schon hatte man das Gefühl, bereits einen großen Teil geleistet zu haben.

Blöd war es nur, wenn auch nach Wochen und Monaten noch das Häkchen hinter einem Großteil der gelisteten Aufgaben fehlte.

Etwas Derartiges konnten wir uns in der momentanen Situation natürlich nicht leisten. Aber ich war zuversichtlich, dass der Empfang ein voller Erfolg werden würde.

Am Abend des nächsten Tages konnte ich mich in meinem vorweggenommenen Optimismus bestätigt fühlen. Zufrieden drehte ich mich um meine eigene Achse. Das Team hatte wirklich ganze Arbeit geleistet. Die Räume waren auf ihren hohen Besuch vorbereitet und strahlten blitz-blank um die Wette.

An der Speiseraumwand rechts neben den Fenstern hing ein großes Transparent, auf dem ein Druck mit unserem neuen Logo die Gäste in der „DünenZeit" willkommen hieß.

Draußen war das Zelt bereits aufgebaut, und an dem Fahnenmast vollführte die neue hoteleigene Flagge im Wind stolze Bewegungen.

Auch für eine kurze Einweisung in das Buchungssystem war noch Zeit gewesen. Zwar hatte Okka, im Gegensatz zu Stine, die sich wirklich viel Mühe gab, die meiste Zeit damit verbracht, das neue Programm im Speziellen und die Tücken des technischen Zeitalters im Allgemein zu verfluchen, am Ende hatte ich aber mit den Fortschritten zufrieden sein können.

Sicher würde es an der einen oder anderen Stelle noch haken, besonders mit ungeduldigen Gästen vor der Nase, aber das würde sich schon einspielen.

Zufrieden trommelte ich alle zusammen, um sie auf den bevorstehenden Tag einzustimmen. Wir setzten uns an einen Tisch in der Ecke am Fenster und atmeten alle tief durch, angestrengt von den vollbrachten Leistungen.

„Na, Leute, wie sieht es aus? Sind wir für heute durch mit allem?" Zustimmendes Nicken bestätigte mir, dass alles im grünen Bereich zu sein schien.

„Morgen stehen Stine und ich mit den Hühnern auf, um genug Zeit für die Buffet-Vorbereitungen zu haben", sagte Lotti, und Stine stöhnte schon bei dem Gedanken an das frühe Weckerklingeln auf.

„Na-na, mien Deern", reagierte Lotti darauf, als hätte sie einen Erziehungsauftrag zu erfüllen, „frühes Aufstehen und Arbeit haben noch niemandem geschadet. Guck dir Knut und mich an. Ausschlafen gab es früher auf unseren Höfen nicht, und so haben wir uns auch gar nicht erst daran gewöhnen können. Und, sehen wir nicht aus, wie das blühende Leben?"

Sie zwinkerte zu Knut rüber, der daraufhin wieder einmal ihre Hand tätschelte. Das konnte mir doch keiner erzählen, dass da nichts im Busch war! Irgendwann würde ich schon noch dahinter kommen, aber jetzt war nicht die Zeit für weitere Recherchen.

„Prima, dann können sich unsere Gäste ja schon auf deine Kochkünste freuen. Auch wenn es morgen weniger rustikal zugeht als sonst. Oder hast du schon mal über ‚Birnen-, Bohnen- und Speck-Canapés' nachgedacht? Vielleicht könntest du damit noch ganz groß rauskommen", ließ ich meinen nicht ganz ernst gemeinten Gedanken freien Lauf und lächelte Lotti liebevoll zu.

Diese aber dachte kurz nach:

„Warum eigentlich nicht? Das wäre doch ein schöner Spaß. Ein schickes Catering und traditionelle Küche müssen sich ja nicht ausschließen. Eigentlich passt das sogar sehr gut zusammen. Wie wäre es mit ‚Birnen-, Bohnen- und Speck-Pastetchen'? Das bauen wir morgen ein, nicht wahr, Stine?"

Man merkte Lotti an, dass sie mit Leib und Seele Köchin war. Und ich schätzte es sehr, dass sie trotz ihres Alters offen war für Neues. Bereit, immer wieder unbekanntes Terrain zu betreten. Sicher war das auch der Grund für ihr unbekümmertes Wesen, das ich von Tag zu Tag mehr liebte.

„Und bei dir, Knut? Wie war denn eigentlich das Probe-Saunieren? Ist alles in Ordnung mit dem Bereich?", wendete ich mich an meinen zweiten Liebling im Haus.

Knut, eigentlich ein Mann der klaren Worte, blickte unsicher in die Runde:

„Danni, eigentlich wollte ich dich damit nicht beunruhigen, aber als Direktorin hast du ein Recht zu erfahren, was vor sich geht." Er machte eine kurze Pause und suchte nach den richtigen Worten. „Keine Angst, mit der Elektrik ist alles in Ordnung. Zuerst schien auch insgesamt alles bestens zu sein. Allerdings machte sich nach wenigen Minuten ein penetranter Geruch in dem Raum breit, und als ich nach dem Grund suchte, entdeckte ich frischen Schafsmist zwischen den

Steinen im Saunaofen. Ich hab bereits versucht, das Gröbste zu entfernen, aber durch die Hitze hat das Zeug alles voll geschmiert. Trotz mehrfacher Spülung und Minzöl riecht man den Mist noch immer."

Ungläubig sah ich erst Knut an, dann ließ ich meinen Blick durch die Runde kreisen. Wirklich erschrocken sah keiner meiner Mitarbeiter aus. Stattdessen guckte der ein oder andere beschämt zu Boden.

„Moment mal", kam es mir. „Ihr wusstet alle darüber Bescheid!" Ich wurde richtig laut, weil ich mich von meinem Team verraten und hintergangen fühlte. Umso bedrückender war die anschließende Stille, die den Raum für sich einnahm, wie Marilyn Monroe einst ihr Publikum, sobald der Rock zu wehen begann.

„Bitte sei nicht böse, Danni", durchbrach Stine die unangenehme Ruhe. „Wir wollten wirklich nur, dass du dir nicht zu große Sorgen machst." Ich warf ihr einen wütenden Blick zu, so dass sie kleinlaut hinzufügte: „Und wenn wir morgen noch ein-, zweimal mit Minzöl spülen, dann riecht das doch auch keiner mehr."

Mein Herz bummerte vor Empörung wild in meiner Brust.

„Es ist ja sehr nett, dass ihr euch alle so rührend um mich sorgt, aber zukünftig bin ich gefälligst die Erste, die von einem solchen Vorfall erfährt. Und die wichtigste Frage ist nicht, wie oft wir noch spülen müssen, um den Gestank zu verbannen, sondern wer hinter diesem Komplott steckt!" Mit verschränkten Armen blickte ich düster in die betroffenen Gesichter der anderen.

Jetzt tat es mir schon fast wieder leid. Schließlich konnte keiner von ihnen etwas für das Malheur. Jeder der Anwesenden wusste schließlich, wer hinter der Mist-Attacke steckte, mich einbezogen.

„Petersen", murmelte ich leise.

„Herr Petersen hat gar keine Schafe, kann es also auch nicht gewesen sein", schaltete Okka sich in das Gespräch ein.

Das reichte mir. Ich schlug mit der Faust auf den Tisch und sprang hoch.

„Sei doch nicht dumm, Okka! Schafe stehen hier auf jeder zweiten Koppel rum. Es wird wohl kein Problem für Petersen gewesen sein, sich eimerweise Munition für seinen Kleinkrieg gegen uns zu besorgen. Wach endlich auf, dein Märchenprinz ist nichts weiter als ein verdammter Wolf im Schafspelz."

Das hatte gesessen. Erschöpft ließ ich mich wieder auf meinen Stuhl sinken. Okka sagte nun nichts mehr, und wir konnten wohl davon ausgehen, dass sich das heute auch nicht mehr ändern würde.

Mir war es inzwischen egal. Wenn sie meinte, sich gegen die „DünenZeit" stellen zu müssen, würde sie mit dem Gegenwind klarzukommen haben.

Langsam beruhigte sich mein Puls wieder, und ich schlug versöhnliche Töne an. Immerhin wollten wir am nächsten Tag gemeinsam einen Neuanfang feiern, da wirkte ein Krach sicher nicht gerade besonders motivierend.

„Wir sind ein Team", bedeutungsvoll blickte ich demonstrativ zu Okka herüber, „und deshalb müssen wir ganz fest zusammenhalten. Besonders, wenn uns jemand unseren Erfolg nicht gönnt. Ab morgen werden wir allen beweisen, wie gut wir sind. Qualität überzeugt. Irgendwann wird auch der größte Widersacher einsehen müssen, dass die ‚DünenZeit' bereit ist, selbst den stärksten Sturm zu überstehen. Sie hat schließlich einen entscheidenden Vorteil: eine Familie, die zusammenhält und füreinander einsteht."

Wieder war es im Raum still geworden. Ich lehnte mich nach vorne und legte meine Hand in die Mitte des Tisches. Stine folgte ohne Zögern und legte ihre warme Hand auf meine. Jetzt hatten auch Lotti und Knut verstanden. Fast zeitgleich erreichten ihre Finger das symbolische Zentrum der Verbundenheit. Nur Okka tat sich erwartungsgemäß schwer.

„Mensch, Mädchen, nu gib dir aber mal nen Ruck!", sprach Lotti ein Machtwort.

Okka zögerte noch kurz, gab dann aber nach – niemand widersprach der guten Seele unseres Hauses, nicht einmal unser kleiner Teufel. Ihre zierliche Hand fand den Weg zu den unseren.

Und dann passierte etwas, auf das ich sogar noch weniger gewettet hätte, als darauf, kurzfristig meinen Traummann zu finden: Mein Hausdrachen hörte auf mit dem Feuerspeien und schenkte mir ein kurzes und, vermutlich noch erhitzt vom ständigen Feuerspucken, warmes Lächeln.

Der nächste Morgen startete früh und wühlig. Zwar war ich im Gegensatz zum Vortag ähnlich rechtzeitig auf den Beinen wie der Rest, jedoch schienen alle deutlich besser in den Tag zu kommen als ich.

Noch leicht benebelt von der erst kürzlich jäh unterbrochenen Nacht, beobachtete ich, wie Okka das Haus verließ, um noch schnell unsere neue Dienstkleidung aus Westerland abzuholen. Stine und Lotti spielten indes die Küchenfeen und wirbelten bereits lustig mit Obst und Gemüse umher.

Knut hatte sich im Garten um einen der Heizlüfter gewickelt, als würde er gerade mit dem Gerät ein Tänzchen wagen. Hoffentlich prüfte er tatsächlich, ob alles funktionierte, und es handelte sich nicht um eine abnorme, sexuelle Vorliebe für Gartengeräte.

Kopfschüttelnd ob meiner gleichwohl schmutzigen wie absurden Gedanken, ging ich ins Büro und checkte noch einmal kurz meine E-Mails.

Oh, wie interessant! Der „Inselschnack", die Lokalzeitung Sylts, hatte sein Kommen angekündigt. Man wäre schon gespannt auf die Willkommens-Worte des Bürgermeisters und der Hoteldirektorin, stand da.

Ja, da war ich allerdings auch gespannt. Also nicht, was meine Worte wären, die hatte ich natürlich sorgfältig vorbereitet und mehrfach vor dem großen Spiegel meines Appartements geübt. Aber was der Bürgermeister als der Buddy von Petersen so beizutragen haben würde, das war ich doch sehr gespannt zu erfahren.

Auch Herr Grotelüschen hatte geschrieben. Wünschte mir viel Glück am Eröffnungstag und viel Freude und Erfolg in meinem Leben als Hoteldirektorin.

Dachte man an die vielen offenen Messer, in die er mich bereits sehenden Auges hatte laufen lassen, grenzten seine Worte schon fast an Sarkasmus. Aber ich wollte ihm seine guten Absichten mal abnehmen, schließlich war heute ein Tag zum Feiern und nicht zum Grollen.

Summend schmiss ich mich in meine dicke Jacke, durchquerte den Speisesaal und ging hinaus, um mit der Dekoration der Tische und des Zeltes zu beginnen. Hussen waren genau das Richtige für diesen feierlichen Anlass. Okka hatte dunkelrote ausgewählt. Wirklich sehr edel, das musste man ihr lassen. Darauf positionierte ich jeweils ein kleines Gesteck mit einer mittigen, cremefarbenen Rosenblüte.

Knut hatte inzwischen sein Tänzchen mit den Heizstrahlern beendet und alle in Position gebracht, so dass heute keiner der angereisten Hintern würde frieren müssen. Um ganz sicher zu gehen, würden wir aber zusätzlich ordentlich Prosecco ausschenken. Von innen wärmte es sich schließlich bekanntermaßen am besten.

Ich arrangierte noch Wolldecken in den Strandkörben und ging dann wieder ins Haus. Puh, die Temperaturen bestätigten ganz klar, dass wir von der warmen Jahreszeit noch einige Wochen entfernt waren. Aber das Wetter schien immerhin ein Supporter der „DünenZeit" zu sein, denn die Sonne schien unermüdlich vom strahlend-blauen Himmel herab auf unser kleines Festareal. Inzwischen hatte unser flinkes Küchenteam damit begonnen, das Buffet aufzubauen. Viele Platten mit lie-

bevoll hergerichteten Häppchen, dekoriert mit auf-
wändig geschnitzten Blumen aus Radieschen, Gur-
ken und anderem Grünzeug, erfüllten mit ihrem Duft
den Raum.

Vorsichtshalber verschränkte ich meine Arme hinter
dem Rücken (mein Lustzentrum hatte die schlechte
Angewohnheit, meinen Verstand auszutricksen) und
betrachtete bewundernd, was Lotti und Stine da ge-
zaubert hatten. Just betraten diese den Raum:

„Na-na, genascht wird nicht", schallte mir Lottis for-
sche Stimme entgegen. Ertappt drehte ich mich um,
obwohl ich mir gar nichts hatte zu Schulden kommen
lassen.

„Wie könnte ich es wagen", ich grinste Lotti frech an,
während sie eine weitere Platte auf dem Buffet plat-
zierte.

„Voilà, die ,Birnen-, Bohnen- und Speck-Pastetchen,
Marke DünenZeit'", stellte sie mir ihre neueste Kreation vor.

Also, Lotti war wirklich unglaublich. Tatsächlich
thronten vor mir jetzt kleine, köstlich duftende Zu-
schnitte. Zwar war diese nordfriesische Neukreation,
ohne es zu wissen, keinem Nahrungsmittel zuzuord-
nen, aber sicher würde der Geschmack Auskunft geben. Ich steckte mir ein Stück in den Mund und
schloss die Augen. Köstlich! Genau, wie das Origi-
nal, nur eben in gepresster Form.

„Lotti, du bist wirklich einmalig! Stine, sei so gut und
erstell kurz am Rechner ein schönes Schildchen für
die ,Birnen-, Bohnen- und Speck-Pastetchen, Marke

DünenZeit', ganz so, wie unsere liebe Lotti die Kreation getauft hat. Unsere Gäste sollen ja wissen, welchen besonderen Happen sie hier aufgetischt bekommen. Und wer weiß, vielleicht kommen wir damit ja wirklich noch einmal ganz groß raus." Ich legte kurz den Finger an die Lippen und dachte nach:
„Wisst ihr was? Die Pastete machen wir wirklich zu einer unserer Spezialitäten. Lotti, meinst du, du könntest sie in kleine Gläschen abfüllen? Dann wäre auch ein Verkauf außer Haus möglich. Um die passenden Aufdrucke mit Beschriftung kümmere ich mich."
„Na, das ist doch das kleinste Problem, meine Gute", antwortete Lotti, „Pasteten kann man wunderbar in einem Sturzglas im Wasserbad konservieren. Mach ich mich gleich morgen ran!"
„Jetzt aber flott, die ersten Gäste kommen gleich!", rief sie dann, klatschte kurz erfreut in die Hände und verließ dann den Raum wieder Richtung Küche.
Dann schneite Okka herein, in der Hand das Paket mit den Dienstkleidungen:
„Was ein Verkehr heute, dabei haben wir doch noch gar keine Saison", verbreitete sie gute Laune, just, dass sie den Raum betreten hatte.
„Naja, jetzt hast du es ja geschafft", antwortete ich ihr mit einem leicht ironischen Unterton und nahm ihr das schwere Paket ab.
Die Uniformen waren wirklich toll, auch wenn mein Nervenkostüm nach der Auswahl der Dienstkleidung vor einigen Wochen beinahe selbst zum Schneider gemusst hätte.

Was hatte ich mir auch dabei gedacht, alle Teammitglieder in die Entscheidung mit einzubeziehen? Klar, ich wollte, dass sich ein jeder wohl fühlen konnte in seiner Haut und der darüber befindlichen Stoffschicht. Doch konnte ich ahnen, dass sich aus der Diskussion ein handfester Streit bis hin zu der Ankündigung eines Arbeitsstreiks bei einem Rock- und/oder Hosenzwang entwickeln würde?

Schlussendlich hatte man sich aber dann doch einigen können, und ich war froh, dass die Schneiderei die letzten Änderungen fristgerecht ausgeführt hatte.

Ich hielt die ersten Kleidungsstücke in die Höhe und betrachtete mit Stolz das eingestickte Emblem der „DünenZeit" auf Brusthöhe der dunkelblauen Blusen. Mit den dazugehörigen, an der Hüfte leicht ausgestellten Stoffhosen in beige und flachen Mokassins in blau würden wir ein schickes, maritimes Bild abgeben.

Ach ja, und da waren ja auch noch die beigen Röcke, auf die Okka beharrt hatte. Als Alternative zu den Hosen, im Nachhinein eine gute Idee. Besonders zu einem Anlass wie heute würden sie perfekt passen.

„Los, Mädels, umziehen", spornte ich mein Team zu einem Klamottenwechsel an, „gleich steht der erste Besuch in der Tür."

Wir gingen alle in die Küche und probierten unseren neuen Dress an.

„Wow, so professionell haben wir noch nie ausgesehen!", staunte Stine, während sie sich begeistert um die eigene Achse drehte. Und sie hatte recht. Allen stand der neue Look ausgezeichnet. Inzwischen hatte sich auch Knut zu uns gesellt und betrachtete uns mit Wohlwollen.

Für ihn galt die Kleiderordnung nicht. Als Hausmeister, Gärtner und Mann für alles war er auf praktische, funktionale und vor allem wetterbeständige Kleidung angewiesen. Aber ich hatte eine Überraschung für ihn. Voller Vorfreude entnahm ich dem Paket ein Set, bestehend aus Blaumann, Wollpullover, Polo-Shirt und Jacke in der Farbe unserer Blusen, alles versehen mit dem obligatorischen Logo unseres Hauses.

„Hier, Knut, damit du weißt, wo du hingehörst", überreichte ich ihm das Stoffbündel und knuffte ihn in den Arm. Und obwohl Knut kein emotionaler Typ war, konnte ich ihm die Freude deutlich anmerken. Sogleich schlüpfte er in den Wollpulli und zeigte mit stolz geschwellter Brust auf die dortige Stickerei:

„Hast recht, Danni, wenn das hier steht, muss es wohl so sein." Wir alle lachten.

„So, nun aber los. Wir müssen uns draußen zur Begrüßung aufstellen", drängte ich zur Eile und scheuchte das frisch gestylte Team auf den Hof, wo wir in Position gingen.

Gerade noch rechtzeitig, denn schon fuhr der erste Wagen vor.

Gespannt beobachteten wir, wie der Kombi mit nordfriesischem Kennzeichen einparkte und sich die Türen öffneten:

„Mensch, Moni, du hast es wirklich geschafft, zu kommen!", rief ich, als ich meine Freundin erkannte. Gerührt lief ich auf sie zu, und wir fielen uns schluchzend in die Arme. So lange hatten wir uns nicht gesehen.

Hinter ihr krabbelten die kleine Nele und der noch kleinere Piet aus dem Wagen. Zwar konnte Moni ihre Kinder wahrlich nicht verleugnen, dennoch hätte ich die beiden nach so langer Zeit nicht wiedererkannt. Wann hatte ich die Lütten eigentlich das erste und auch letzte Mal gesehen?

Richtig, damals hatten Moni und Thies die Familie in Lübeck besucht, und wir hatten uns auf einen Kaffee in einer dieser schrecklichen, neumodischen Café-Ketten getroffen, in der es einer Todsünde gleichkam, einen normalen Kaffee mit Milch zu bestellen.

Piet war damals noch ein Säugling und seine große Schwester kaum älter als eineinhalb gewesen. Moni sah an dem Tag unseres Treffens aus, als hätte sie seit Jahren nicht durchgeschlafen, und Thies wirkte als waschechter nordfriesischer Bauer in der Kulisse ziemlich fehl am Platz.

„Das muss doch mindestens zwei Jahre her sein! Ach, Moni, ich freu mich so, dich zu sehen", knuddelte ich meine Freundin weiter und hatte auch nicht vor, so schnell wieder damit aufzuhören.

Irgendetwas zog an meiner Hose, und als ich runterschaute, lugte Piet mit großen Augen zu mir hoch:

„Haddu Mama auch lieb?", fragte der süße Spross, und sofort gehörte ihm mein Herz.

„Oh ja, ich hab deine Mama sogar sehr lieb. Hi, mein Kleiner", sagte ich, hob ihn hoch und struwelte Nele, die sich an mein anderes Bein gehängt hatte, zur Begrüßung durch ihr engelblondes Haar. Also Fremdeln war diesen Kindern wohl fremd.

Als letzter stieg Thies aus dem Wagen und begrüßte uns mit einem soliden „moin".

Ich setzte Piet ab und küsste Thies auf die Wange: „Moin, Thies, na, wie hast das? Hälst du Moni noch aus, oder soll ich sie zurücknehmen?", witzelte ich in der Hoffnung, dass er meinen Humor teilen würde.

„Jo, dat passt", war alles, was Thies dazu sagte, doch sein Schmunzeln verriet, dass meine Pointe angekommen war.

Da fuhr auch schon der nächste Wagen vor. Ein dicker Mercedes mit dem obligatorischen Stern an der Schnauze. Hier auf Sylt konnte man wohl noch mit so etwas herumfahren, ohne ständig Angst haben zu müssen, dass ein paar gelangweilte Jugendliche den Stern für ihre Sammlung aus Vandalismussouvenirs gebrauchen konnten.

Heraus stieg ein adrett gekleideter, älterer Herr mit markanter Popelbremse, umgangssprachlich auch Schnäuzer genannt.

„Bürgermeister Hinnerk Brodersen, sehr erfreut", begrüßte mich mein Gegenüber und nahm meine Hand, um mir einen Kuss über ebendiese zu hauchen.

Mann, Mann, Mann, der trug ja dick auf! Aber was der konnte, konnte ich schon lange. Im Fassade-aufrecht-erhalten war ich sowieso einsame Spitzenklasse.

„Lieber Herr Bürgermeister, herzlich willkommen in der ‚DünenZeit'. Mein Name ist Danni Fischer, ich bin die neue Hoteldirektorin. Wir sind ja so dankbar, dass Sie sich heute Zeit für unsere Eröffnung nehmen konnten. Als Gemeindeoberhaupt hat man doch sicher schrecklich viel zu tun."

Geschmeichelt zwirbelte er seinen Oberlippenbart zwischen den Fingern. Hoppla, der hatte ja schnell angebissen. Wurde wohl zu Hause nicht genug gelobt.

„Ach, na ja, als Bürgermeister hat man natürlich immer viel zu tun, aber Neu-Eröffnungen von Hotels gibt es bei uns nun auch nicht alle Tage."

Er wollte gerade Luft holen, um fortzufahren, da nahm mit großem Schritt ein Herr vom Nachbargrundstück Kurs auf uns.

„Herr Bürgermeister, Sie sind ja schon da!", rief er bereits aus der Distanz und beschleunigte noch einmal seinen Gang. „Ich dachte, wir wollten Frau Fischer gemeinsam begrüßen."

Aha. Das musste der sagenumwobene Petersen sein. Der Petersen, zu dem es keine Anrede, keinen Artikel und keinen Vornamen gab, dafür aber eine große Menge an Spekulationen und Gerüchten.

Gut sah er aus, das musste man ihm lassen. Er hatte eine stattliche Statur und strahlend blaue Augen, die überaus gut mit seinem ergrauten Haar harmonierten. Sicherlich waren ihm die Frauen im Laufe seines Lebens reihenweise verfallen. Und genauso sicher war für mich, dass er im Gegenzug die Frauen reihenweise hatte fallen lassen. Hatte ich nicht gehört, dass er ledig war? Untypisch für einen Herren seines Alters und dazu noch in ländlicher Umgebung. Vielleicht ein Fall für „Schwiegertochter gesucht" oder ein ähnlich schwachsinniges Format? Ich konnte ihn ja einfach mal anonym anmelden, das wäre ein Spaß!

Er präsentierte eine perfekte Reihe Zähne (daran hatte sich sicherlich der ein oder andere Zahnchirurg ein goldenes Näschen verdient), als er strahlend und mit geöffneten Armen auf uns zukam. Andere hätten ihm sein Theater vielleicht abgekauft, aber ich, als die selbstgekrönte Königin der Fassaden, merkte genau, dass das aufgesetzte Lächeln, das er trug, nicht ansatzweise die Augenpartie erreichte. Aber bitte, auch ich beherrschte meine Rolle und würde gerne mitspielen.

„Herr Petersen. Es ist mir eine Ehre. Ich habe schon viel von Ihnen gehört."

Er schüttelte mir gönnerhaft die Hand, stark damit beschäftigt, die Zweideutigkeit meiner Worte zu überhören.

„Ach, das freut mich aber, Frau Fischer. Ich habe über Sie leider noch nichts vernommen, aber Lübeck ist ja auch ein ganzes Stück entfernt von Sylt. Sowohl in Bezug auf die Geographie als auch in Bezug auf das Niveau, nicht wahr?" Er lachte laut auf und schaute beifallheischend in sein (in diesem Fall recht kleines) Publikum.

Lediglich der Bürgermeister hatte die Frechheit in seinen Worten wohl nicht vernommen und stimmte munter mit ein.

„Sodenn", presste ich heraus und schaffte es doch tatsächlich, das Lächeln auf meinen Lippen einzufrieren, „gehen Sie doch gerne schon hinein. Ich begrüße noch die weiteren Gäste und stoße dann sogleich hinzu. Eine Führung haben Sie ja schon erhalten, nicht wahr, Herr Nachbar?" Ich funkelte Petersen kurz an und drehte ihm dann demonstrativ den Rücken zu.

Es kamen noch einige weitere Gäste, darunter neugierige bis interessierte Dorfbewohner, zwei Mitarbeiterinnen der örtlichen Tourismus-Information sowie, wie angekündigt, der Journalist vom „Inselschnack".

Als ich den Speiseraum betrat, tummelten sich die Besucher bereits drinnen und draußen, emsig in angeregte Gespräche vertieft. Stine hatte bereits den Prosecco im Zuckerrandglas an diejenigen Gäste verteilt, die es traditionell liebten. Wer es ein wenig spritziger mochte, der nippte an seinem Hugo, dem minzigen Trendgetränk, an dem momentan kein Weg vorbei führte, wollte man dazu gehören.

Ich suchte Augenkontakt zum Bürgermeister, nickte ihm kurz zu und klopfte dann mit einem Löffel gegen mein Glas.

„Meine lieben Gäste!", begann ich mit meiner vorbereiteten Rede.

„Ich und mein Team, wir möchten Sie ganz herzlich willkommen heißen in der ‚DünenZeit'." Ich wartete kurz, bis der erste Applaus verebbte.

„Nach monatelanger Planung und Umgestaltung sind die Arbeiten nun abgeschlossen, und wir gehen modern und gestärkt in die neue Saison. Mit einem frischen Konzept, das auf der Tradition dieses Hauses aufbaut, und einem persönlichen Service, der seinesgleichen sucht, sind wir sicher, die Urlaubsträume unserer Gäste erfüllen zu können."

Ich blickte in die erwartungsvollen Gesichter meiner Gäste und machte eine theatralische Pause, bevor ich fortfuhr:

„Doch nicht nur innerhalb unsere Hauses muss das Klima stimmen. Auch der Zusammenhalt und das Gemeinschaftsgefühl in der Gemeinde sind enorm wichtig dafür, dass sich unsere Gäste wohlfühlen. Deshalb ist es uns auch eine Ehre, dass unser direkter Nachbar, Herr Petersen vom Hotel ‚Strandläufer', heute ebenfalls mit uns die Eröffnung der ‚DünenZeit' feiert."

Ich suchte den Blickkontakt zu Petersen und sah ihn durchdringend an. Kurz schien er seine Fassade nicht länger wahren zu können, aber dann besann er sich, setzte sein Strahlen wieder auf und prostete lachend in die Runde.

„Lassen Sie uns alle gemeinsam an einem Strang ziehen, im Mittelpunkt das Wohl unserer Gäste. Darauf möchte ich mit Ihnen anstoßen. Auf die ‚DünenZeit', auf Friesum!"

Ich erhob mein Glas und machte mich bereit, die abschließenden Worte zu finden:

„Gerne zeigen wir Ihnen gleich, wie schön unser kleines Hotel geworden ist und führen Sie durch das Haus. Zuvor hat sich aber unser werter Bürgermeister, Herr Hinnerk Brodersen, bereit erklärt, noch ein paar Worte zu sagen."

Ich klatschte zur Begrüßung unseres Ehrenredners, welcher sich mit wichtiger Miene an meine Seite gesellte. Er entnahm seiner Brusttasche einen DIN A4-großen Bogen, entfaltete ihn und räusperte sich.

„Liebe Friesumer, liebe Gäste", begann er und räusperte sich erneut.

„Das ‚Dünenläufer' war einmal, heute ist ‚Dünen-Zeit'." Er machte eine Pause, um sich in den höflichen Lachern des Publikums zu sonnen.

„Ein neues Hotel in unserer Gemeinde, wer hätte das vor ein paar Jahren vermutet? Waren wir doch mit unserem Gastgewerbe gut aufgestellt und hatten mit dem ‚Strandläufer' bereits ein erstklassiges Angebot. Aber so ist es nun einmal, alles entwickelt sich, und so möchte ich der ‚DünenZeit' heute alles Gute wünschen. Mögen Erfolge an der Tagesordnung und anfängliche Schwierigkeiten wie Rattenplagen und anderes schnell vergessen sein. Alles Gute für Sie, Frau Fischer, und für das gesamte Team."

Wie bitte, was hatte er da gerade vom Stapel gelassen? Das war ja eine Katastrophe! Schon hörte ich den Bleistift des Journalisten wie wild auf dem mitgebrachten Block seine Kreise ziehen. Mir stieg augenblicklich die Schamesröte ins Gesicht. Oder war es Wut?

In Petersens Gesicht hingegen stand in großen und deutlichen Lettern die Schadensfreude geschrieben und ohne die störenden Ohren hätte er definitiv im Kreis gegrinst.

Vor meinem inneren Auge sah ich deutlich vor mir, wie ich in Zeitlupe auf meinen Widersacher zurannte, ihn laut brüllend zu Boden riss und ihm dann mit gezielten Schlägen sein dämliches Lachen aus dem Gesicht vertrieb.

In Wirklichkeit tat ich das natürlich nicht. Vielmehr stand ich stocksteif mit einem grenzdebilen Gesichtsausdruck vor den Gästen. Langsam breitete sich eine unbehagliche Stille aus, die nur durch das vereinzelte Räuspern einiger Gäste durchbrochen wurde.

„So, meine Lieben, dann kann die Führung ja beginnen!" Mein Gott, war ich froh, Lottis Stimme zu hören. Mit forschem Schritt war sie neben mich getreten und forderte nun die Gäste mit einer einladenden Geste auf, ihr zu folgen. Mutlos schenkte ich ihr ein Lächeln und beobachtete dankbar, wie der Pulk sich in Bewegung setzte.

Jetzt hatte ich erst einmal ein paar Minuten Ruhe, um mich zu sammeln. Erschöpft ließ ich mich auf den erstbesten Stuhl sinken und versenkte kurz meinen Kopf zwischen den Händen.

Ob ich wohl einfach abtauchen, in dem dunklen Paralleluniversum hinter meinen Handinnenflächen verschwinden konnte? Sicherlich würde sich die Welt auch ohne eine Danni Fischer weiterdrehen, und ich hätte meine Ruhe vor Quälgeistern aller Art.

Ein deutliches Räuspern, direkt neben mir, ließ mich hochschrecken. Apropos Quälgeist, da war er, der Petersen. War der schon die ganze Zeit im Raum gewesen, und ich hatte ihn nicht bemerkt? Gott, wie peinlich!

Aber Moment mal, ich brauchte mich wohl kaum für etwas zu schämen! Immerhin war diese Schikane doch wieder auf seinem Mist gewachsen.

Kampfeslustig sprang ich auf:

„Sie …! Das war doch Ihr Werk, richtig? Sie stecken doch mit dem Bürgermeister unter einer Decke! Wenn Sie glauben, die ‚DünenZeit' mit so miesen Tricks klein zu bekommen, dann haben Sie sich aber geschnitten!" Wütend starrte ich in das noch immer in fettem Grinsen verharrende Gesicht Petersens.

„Sie werden schon noch sehen, wer den längeren Atem hat. Unterschätzen Sie uns Hanseaten lieber nicht. Fleiß, Geschick und Ausdauer haben uns schon vor langer Zeit zu angesehenen Handelsleuten gemacht. Daran wird auch ein störrischer, eingebildeter Nordfriese mit seinen kindischen Lausbubenstreichen nichts ändern. Und jetzt verlassen Sie mein Haus. Und Ihren Kumpel nehmen Sie gleich mit, sonst passiert hier noch ein Unglück!"

Mein ausgestreckter Arm wies in Richtung Haustür und zitterte, wie der Rest meines Körpers, vor Empörung. Petersen hingegen blieb völlig unbeeindruckt:

„Na-na, Frau Fischer. Jetzt fahren Sie mal nicht gleich aus der Haut, das schickt sich doch nicht für eine Hanseatin Ihrer Klasse", entgegnete er mit spöttischem Unterton.

„Außerdem habe ich mit der ganzen Geschichte rein gar nichts am Hut. So etwas schickt sich nämlich wiederum nicht für einen ehrlichen Geschäftsmann, egal welcher Herkunft. Der Herr Bürgermeister pflegt sich ab und an etwas ungeschickt auszudrücken. Ich bitte das zu entschuldigen. Aber wir wollten sowieso gerade gehen, es gibt schließlich viel zu tun in einem so erfolgreichen Hotel wie dem ‚Strandläufer'. Empfehle mich."

Gemächlich drehte er sich um und folgte meinem noch immer ausgestreckten Arm. In der Tür zum Flur stieß er beinahe mit Moni zusammen, die sich von der Führung durchs Haus abgeseilt hatte.

Ohne ein Wort zu sagen, nahm sie mich in den Arm und drückte mich. So war es schon früher gewesen. Moni wusste immer, was mich beschäftigte, ohne, dass ich es ihr hätte sagen müssen.

„Kopf hoch, Schnucki", sagte sie, wie immer überzeugte Optimistin.

„Dat kriegen wir schon alles gemeinsam hin. Jetzt kann ich ja endlich wieder vernünftig auf dich aufpassen. Ich weiß sowieso nicht, wie du es die letzten Jahre geschafft hast, ohne mich zu überleben." Sie kniff mich in die Wange, und ich konnte nicht anders, als zu lachen.

Sollte sich doch halb Sylt gegen mich und die „DünenZeit" verschwören! Mit dem Rückhalt aus dem Team und von meiner Moni würde ich alles schaffen können.

„Recht haste, Moni, und jetzt gönnen wir uns erstmal ne Runde Prickelwasser."

Ich schnappte uns zwei Gläser Prosecco vom Buffet:

„Auf unsere Freundschaft. Und darauf, dass wir zwei Hübschen jetzt wieder ganz viel Zeit miteinander verbringen können", toastete ich, inzwischen wieder munter, drauf los und stieß mit meiner liebsten, besten Freundin an. Verrückt, dass man so lange ohne etwas leben konnte und erst merkte, wie sehr man es vermisste, wenn man es schließlich wiederhatte.

Leider blieb uns nicht viel Zeit für Zweisamkeit, geschweige denn für philosophische Ergüsse, denn schon erreichten unsere Gäste wieder das Erdgeschoss. Zeit für mich, erneut das Zepter in die Hand zu nehmen:

„Ich hoffe, Sie haben alles sehen können und Ihnen gefällt unsere Arbeit. Gerne können Sie sich auch noch im Garten umsehen, wo sich unsere kleine Saunalandschaft befindet. Ansonsten möchte ich das Buffet für eröffnet erklären, sicher haben Sie genügend Appetit mitgebracht. Unser Küchenteam hat sich ganz besonders viel Mühe gegeben und sogar eine neue Spezialität kreiert, welche die regionale Küche mit modernem Chic kombiniert: unsere ‚Birnen-, Bohnen- und Speck-Pastetchen, Marke Dünen-Zeit‘. Wir wünschen einen guten Hunger, bitte fühlen Sie sich wie zu Hause."

Interessiert wandten sich unsere Besucher dem Buffet zu, und ich registrierte wohlwollend, dass sich der Herr vom „Inselschnack" emsig den angepriesenen Canapés widmete. Damit waren die Ratten jawohl hoffentlich vergessen.

Später, als sich auch der letzte Gast verabschiedet hatte, trafen wir uns alle auf einen Drink in der Küche. Der gute, alte Holztisch war wohl schon immer ein fester Punkt für ein gemütliches Zusammensein abgeschirmt vom Gästerummel gewesen. Und inzwischen fühlte auch ich mich als fest etabliertes Mitglied der Runde.

Fürs Aufräumen würden wir später noch Zeit haben, jetzt galt es erstmal, Geleistetes zu würdigen und miteinander die Ruhe nach dem Sturm zu genießen.

Stine ließ sich als Letzte in ihren Stuhl plumpsen: „Mensch, das war ja vielleicht ein Tag! Das Buffet haben die leer geräumt, als würde seit Wochen eine Hungersnot auf Sylt grassieren. Wir können froh sein, dass nicht auch noch von den Servierplatten abgebissen wurde", gab sie ihre doch recht eigenen Eindrücke des Tages zum Besten.

„Na, dann scheint es ja allen geschmeckt zu haben, und das ist doch die Hauptsache, nicht wahr, Stine?", rügte Lotti das kesse Wesen unserer Auszubildenden.

„Also ich war zufrieden", stellte ich fest. „Die Gäste waren begeistert vom Haus. Die Damen von der Tourismus-Zentrale haben sogar versprochen, die ‚DünenZeit' für einen Design-Wettbewerb für Beherbergungsbetriebe vorzuschlagen, der gerade läuft. Das wäre für uns eine irrsinnig gute Werbung. Und eure Pastetchen haben auch bestens abgeschnitten. Es würde mich nicht wundern, wenn sie morgen lobend im ‚Inselschnack' erwähnt würden."

Vor meinem inneren Auge sah ich schon die Schlagzeile auf dem Titelblatt: „Hotel DünenZeit trifft den (Geschmacks-)Nerv der Gäste".

„Nur der Auftritt unserer beiden Strategen macht mir zu schaffen", fuhr ich fort. „Ich glaube, Brodersen und Petersen sind sich gar nicht bewusst, welchen

Schaden sie der ‚DünenZeit' mit ihren Spielchen zufügen können. Oder noch schlimmer: Sie sind sich dessen sehr wohl bewusst. So oder so werden wir uns auf weitere Gemeinheiten einstellen müssen. Wir sollten in Zukunft sehr aufmerksam sein und die Ohren offen halten."

Alle nickten betreten.

„Es scheint so zu sein, dass uns der werte Nachbar um jeden Preis schaden will, also müssen wir auf der Hut sein und den Kontakt weitestgehend vermeiden. Solltet ihr einen der Herren auf unserem Gelände sehen, verweist ihn bitte des Grundstückes und gebt mir Bescheid. Und lasst euch in keinerlei Gespräche verwickeln, die über das Thema Wetter hinausgehen. Wahrscheinlich dienen sie ausschließlich dem Zweck, etwas in Erfahrung zu bringen, was später gegen uns verwendet werden kann. Das gilt auch für die Angestellten des ‚Strandläufers'. Wir wissen nie, wer angestiftet wurde zu spionieren."

Ich wendete mich an Knut:

„Knut, dich möchte ich darum bitten, den Garten im Auge zu behalten. Wenn dir irgendetwas Ungewöhnliches auffällt, schlag bitte Alarm. Wenn die Gäste erstmal da sind, können wir uns so etwas wie Ungeziefer- oder Fäkalienvorfälle nicht mehr leisten. Das spricht sich sofort rum, und dann sieht es zappenduster aus für uns."

„Du kannst dich auf uns verlassen, Danni", äußerte sich Knut. „Ich war übrigens nicht ganz untätig. Ein guter Bekannter, Jürgen, betreibt eine Pension an der

Dorfstraße und ist immer beim Hoteliersstammtisch dabei. Den hab ich mal gefragt, ob sich Petersen zu der ‚DünenZeit' geäußert hat." Er machte eine Pause und starrte für einige Momente Löcher in die gefühlt dicke Luft.

„Nun sag schon!", forderte ich ihn ungeduldig auf fortzufahren.

„Naja, der hat laut gelacht und meinte, das sei die Untertreibung des Jahrhunderts. Für Petersen gibt es wohl schon seit Monaten kaum ein anderes Thema als die ‚DünenZeit'. Richtiggehend ereifern würde der sich darüber. Er ist wohl der Meinung, dass ein neues Hotel neben seinem keine Daseinsberechtigung hat, schließlich ist er schon viel länger hier und hat deshalb die älteren Rechte. Und davon kann ihn anscheinend auch keiner abbringen. Die Kollegen sind da vernünftiger. Zwar freut sich keiner direkt über neue Konkurrenz, aber man ist wohl doch so fair, der ‚DünenZeit' alles Gute zu wünschen. Inzwischen sind schon alle völlig genervt, weil jedes Treffen von Petersen und seinem Lieblings-Thema dominiert wird. Dabei gäbe es wohl viele wirklich wichtige Dinge, die auf dem Stammtisch besprochen werden sollten. Nur der Bürgermeister steht nach wie vor hinter ihm. Zwar weiß keiner, womit Petersen ihn in der Hand hat, aber Jürgen ist sich sicher, dass da etwas gemauschelt wird."
Da war ich mir sogar ganz sicher. Warum sonst sollte ein Bürgermeister Ambitionen haben, sich mit einem kleinkriminellen Hoteliers-Egomanen zusammenzuschließen?

„Danke, Knut. Jede Information kann uns dienlich sein im Kampf gegen unseren nervigen Widersacher. Mir graust es schon vor dem Moment, wenn wieder ein mutwillig herbeigeführtes Unheil über uns hereinbricht."

Tatsächlich lief mir bei dem Gedanken daran ein eisiger Schauer über den Rücken.

„Aber jetzt wollen wir uns auf morgen konzentrieren. Da sollen wir nämlich gerne den Zweck erfüllen, den ein Hotel nun mal hat, nämlich Gäste beherbergen."

Ich versuchte, das Gespräch mittels eines Lächelns in positivere Bahnen zu lenken.

„Wenn sich nichts mehr geändert hat, erwarten wir morgen sechs Gäste in jeweils zwei Doppel- und zwei Einzelzimmern, wobei unseren Stammgästen *ausnahmsweise* als Bonbon die Suite zugesagt wurde."

Ich strafte Okka mit einem kurzen Blick ab, ließ die fragenden Blicke von Stine und Lotti aber unkommentiert.

„Das ist ein ganz gutes Ergebnis für den Anfang und vor allem für die Nebensaison." Zustimmendes Nicken suggerierte mir, dass meine Mitarbeiter das ebenso sahen.

Den Statistiken zufolge, die mir die Jansens in Papierform in die Hände gedrückt hatten, wäre unser jetziger Buchungsstand für das „Dünenläufer" sogar in der Sommersaison ein gutes Ergebnis gewesen. Zumindest in den letzten acht bis zehn Jahren. Klar, dass das nicht hatte wirtschaftlich sein können und kein Groschen über gewesen war für dringend notwendige Sanierungen. Ein Teufelskreis, aus dem sich kleine Unternehmen, wie das „Dünenläufer", selten befreien konnten.

„Und, meint ihr, wir sind bereit für die Generalprobe?", fragte ich in ermutigendem Ton. „Alle Zimmer sind vorbereitet, das Buchungssystem sitzt, die Abläufe sind klar?"

„Klar, Sir!", witzelte Stine, „die ‚DünenZeit' ist bereit zum Anker lichten."

„Na, da bin ich ja beruhigt", zwinkerte ich unserer Jüngsten zu. Dann lasst uns aufräumen. Und um sechs treffen wir uns unten am Strand. Ich habe eine kleine Überraschung für euch.

„Was denn für eine Überraschung?", zeigte sich Lotti neugierig. Tja, das war sie nicht gewohnt, die Gute. Normalerweise bestens über alles informiert, fiel es ihr sicherlich schwer zu glauben, dass eine Information an ihr hatte vorbei gehen können.

„Da wirst du dich wohl gedulden müssen, meine Liebe", neckte ich sie und warf unauffällig einen Blick zu Knut, der im Gegensatz zu Lotti eingeweiht war, weil ich für die Vorbereitung seine Hilfe benötigte.

„Also, ran an den Speck und bis nachher", verabschiedete ich mich in mein Büro und ließ den neugierigen Haufen in der Küche zurück.

Um kurz vor sechs erwartete ich mit Knut am Strand die kleine geladenen Runde. Mühevoll hatten wir unbemerkt vom Rest eine blecherne Feuertonne an den menschenleeren Strand gebracht, die nunmehr angefeuert wunderbares Licht und Wärme schenkte. Der

Schein der Flammen ließ das ansonsten im tiefen Schwarz versunkene Meer erkennen.

Und da kamen sie auch schon. Dick eingemummelt in etliche Schichten Baumwolle und Mischgewebe, bahnten sich meine Mitarbeiter, angeführt durch eine forsch vorneweg stapfende Lotti, den Weg durch den tiefen Sand.

„Willkommen in unserer Strandbar", begrüßte ich die freudig überraschte Meute. „Unser Barkeeper", ich deutete auf Knut, „hat herrlichen Eiergrog für uns vorbereitet, ganz nach friesischem Originalrezept".

Vorsichtig verteilte ich die leicht dickflüssige, dampfende Leckerei in die Becher, während Lotti begeistert jauchzend in die Hände klatschte:

„Eierpunsch, nee wat fein. Den hatten wir noch gar nicht dieses Jahr. Und dann noch mit Lagerfeuer am Strand. Danni, damit machst du mir wirklich eine Freude. Und du natürlich auch, Knut. Schließlich kenne ich deine Eiergrog-Kochkünste nur zu gut. Weißt du noch, wie dein Onkel deine Tante damals nach Hause tragen musste, nachdem sie sich auf nüchternen Magen an deinem Erzeugnis bedient hatte? Wann war das noch? Ist bestimmt zwanzig Jahre her, aber ich erinnere mich noch wie heute daran, dass sie nie wieder einen Tropfen davon angerührt hat. Ich sag euch, unterschätzt das Teufelszeug nicht, sonst ergeht es euch heute wie Tante Erna damals."

Sie kicherte, und ich war mir nicht sicher, ob das an der lustigen Erinnerung oder bereits am ersten Schluck des Grogs lag.

„Ach, Lotti, Knut trägt dich bestimmt gerne nach Hause", foppte ich sie und glaubte, trotz Dunkelheit zu erkennen, wie ihre Wangen erglühten. Naja, sicher nur eine weitere Nebenwirkung des Alkohols.

„Auf die gelungene Einweihung und auf euch, die ihr mich so herzlich aufgenommen habt", stieß ich mit allen an, und gemeinsam genossen wir die klare, kühle Winterluft, das warme Feuer und das gute Gesöff, welches sich eindeutig erheiternd auswirkte, so dass wir schon bald aus dem Lachen nicht mehr herauskamen.

Lotti hatte wohl recht gehabt mit ihrer Einschätzung, und so blieben wir noch eine ganze Weile an unserer Feuerstelle, sangen, lachten und schwatzten, bis es schließlich an der Zeit war, den Abend zu beenden.

Am nächsten Morgen klingelte der Wecker viel zu früh. Gerade hatte ich noch von wandelnden Eigergrog-Männchen geträumt, die lustig und beschwingt über den Strand von Westerland tanzten und jeden mit sich rissen, der ihnen in den Weg kam.

Jetzt, aufgewacht, war die gute Stimmung im Nu dahin. Mein Mund fühlte sich an, wie eine speckige Spelunke, in der seit Jahren niemand mehr gelüftet hatte, und in meinen Schläfen schien eine fünfköpfige Heavy-Metal-Band ihren Proberaum eingerichtet zu haben.

„Nie wieder Alkohol", sagte ich mitleidig zu mir selber, wusste aber im gleichen Moment, dass ich diesen Vorsatz nie würde einhalten können. Das hatte mich meine Lebenserfahrung gelehrt.

Vorsorglich hielt ich meinen Kopf mit beiden Händen fest und erhob mich vorsichtig. Wie erwartet, wurden die Schmerzen davon nicht besser, also blieb ich erstmal eine Weile auf der Bettkante sitzen, um mich zurechtzufinden.

Verdammter Eiergrog. Wie konnte etwas, dass so lecker und süß war, nur so gefährlich sein?

Moment mal, fragte ich mich das wirklich? Nach all den Erfahrungen, die ich mit Männern gesammelt hatte? Die leckersten und süßesten waren doch immer diejenigen, die nach einer guten Nacht nichts als Schmerz und Kummer hinterließen. Also wirklich, Danni, soviel solltest du doch inzwischen wissen.

Ich schüttelte über mich den Kopf, unterließ es aber sofort wieder, um einem Platzen meines nördlichsten Körperteils vorzubeugen.

„Dusche!", entschloss ich energisch. Langsam erhob ich mich mit Kurs aufs Badezimmer. Hoppla, das war aber eine eierige Geschichte. Ich lachte über die Doppeldeutigkeit, unterließ aber auch dieses aus Selbstschutzgründen wieder schnell.

Genüsslich ließ ich mir das heiße Wasser über den Körper laufen, bis ich von Kopf bis Fuß rot wie ein Krebs aussah. Langsam entwichen die Dämonen der letzten Nacht, und ich schöpfte neuen Mut, dem kommenden Tag mit halbwegs erhobenem Haupt begegnen zu können.

Als ich mein Zimmer verließ, fiel ich fast über die zusammengerollte Tageszeitung, die mir irgendwer vor die Tür gelegt hatte. Komisch, diese Ehre war mir doch bisher nicht zuteil geworden?

Neugierig blätterte ich mich durch die Seiten und wurde leider auch schnell fündig:

„DünenZeit – Grandhotel oder Mäuseloch" begrüßte mich eine Schlagzeile, die nicht auf eine positive Bewertung unseres Hotels schließen ließ. Daneben prangte ein großes Foto von dem schief grinsenden Bürgermeister und mir als dumm aus der Wäsche guckender Hoteldirektorin. Fotos hatte der Pressefuzzi also auch gemacht? Na, Prost Mahlzeit!

Schnell überflog ich den Text und vernichtete damit meine Hoffnung auf einen lediglich schlecht gewählten Aufhänger:

Kein Mensch, der den „Inselschnack" gelesen hatte, würde noch einmal hier auftauchen. Außer, er hatte eine Vorliebe für haariges Ungeziefer. Das war eine Katastrophe! Schlimmer konnte der Tag nun wirklich nicht werden … dachte ich.

Zähneknirschend stieg ich die Treppe herab. Es war inzwischen halb neun und, wie gewohnt, hatte das Gros der Belegschaft den Tag schon ohne mich begonnen.

Die Erste, der ich begegnete, war eine schimpfende Okka, die wieder einmal mit dem Buchungssystem im Klinsch lag.

Langsam hegte ich die Befürchtung, dass die beiden in diesem Leben keine Freunde mehr werden würden. Da hatten das Buchungssystem und ich womöglich etwas gemein.

„Guten Morgen, Okka. Na, wo drückt der Schuh?",
begrüßte ich sie in einem gutgelaunten Ton, der eigentlich so gar nicht zu meiner Gefühlslage passte.

„Dieses blöde Ding funktioniert schon wieder nicht",
zeterte sie auch sofort munter drauf los, als hätte sie
nur darauf gewartet, ihren Frust an einer menschli-
chen Gestalt ablassen zu können. „Ich wollte schon
einmal die Zimmer den anreisenden Gästen zuord-
nen. Aber der würfelt mir hier ständig alles durcheinander! Setzt den allein reisenden Herren in die Suite.
Also wirklich, als wenn man alleine so viel Platz
bräuchte. Und das soll also unser technischer Fort-
schritt sein, dass ich nicht lache!"
Mit steigender Wut drosch sie auf die arme Tastatur
ein, als würde ein wenig Gewalt dem System helfen,
ihre Gedanken besser umzusetzen.

Sanft, als würde ich einen Trauernden von der frischen Grabstelle eines geliebten Verwandten entfernen wollen, schob ich sie zur Seite.

„Schau mal, Okka, begann ich. Nachdem du die Kun-
dendaten eingegeben hast, ziehst du den jeweiligen
Gast einfach in das für ihn vorgesehene Zimmer, indem du die linke Maustaste festhälst und …" erschrocken hielt ich inne.

Der Name, der da vor meinen Augen flimmerte,
schnürte mir den Brustkorb zu und veranlasste mich
zu spontaner Schnappatmung.

„Delete", drückte ich. Und noch mal und noch mal
„delete, delete, delete". Doch nichts geschah. Höh-
nisch prangte der Schriftzug weiter auf dem Desktop,

als handelte es sich um einen Untoten, dem nichts Irdisches etwas anhaben konnte, schon gar nicht ein Befehl per Computertastatur.

Ich taxierte den Namen vor meinen Augen ungläubig. Da stand schwarz auf weiß, wer der Gast war, der laut Okka keine Suite würde alleine füllen können:

Herr Jan Kolinsky. Einst Sinnbild für das große Liebesglück, heute Symbol für eine weitere, grandios gescheiterte Beziehung im Leben der Danni Fischer.

Ein Räuspern holte mich aus meiner Starre, und ich schaute in die Richtung, aus der das Geräusch kam. Halluzinierte ich jetzt etwa? Oder manifestierten sich meine Gedanken neuerdings in realen Personen? Und wenn ja: Warum hatte das nicht mit dem oberkörperfreien Matthew McConaughey funktionieren können, wo ich doch so oft sehnsüchtig an ihn dachte?

Mein frisch eingetroffenes und jetzt in der Diele stehendes Gegenüber und ich, wir starrten uns an, als wären wir im Wilden Westen und bereit, uns mit unseren Waffen zu duellieren.

Da waren sie wieder – diese blauen Augen, die mich schon so oft um den Verstand gebracht hatten. Das letzte Mal wohl, als sie Zeugen der schmerzlichen Trennungsbotschaft wurden.

Jan, oder meine Halluzination von ihm (da war ich mir noch nicht so ganz sicher), zog als erster seinen Colt und machte einen Schritt auf uns zu. Erst jetzt bemerkte ich, dass Okka die Situation angeregt beobachtete und sogar aufgehört hatte, ihre Aggressionen gegen die EDV auszuleben.

„Hallo, Danni", sagte er grinsend, als wäre sein Auftauchen auf Sylt selbstverständlich und selbsterklärend, „wie geht es meiner Süßen?"

Völlig perplex starrte ich ihn an, nicht im Stande, einen Ton herauszubringen. Das musste ich erstmal für mich sortieren: Wir waren hier auf Sylt, in dem Hotel, das ich gerade übernommen hatte, um ein neues Leben zu beginnen. Welches ich für nötig hielt, weil mein altes durch einen Mann zerstört wurde, der es mit der Treue zu seiner Freundin weniger genau nahm als mit der zu seinem Fußballclub.

Jetzt stand dieser Mann aus dem alten in meinem neuen Leben und beschmutzte nicht nur den gerade gewischten Boden, sondern, viel schlimmer, mein frisch gewienertes Selbstwertgefühl.

Dieses plötzliche Auftauchen Wesen anderer Galaxien kombiniert mit einer spontanen Verschiebung der Gefühlswelten musste seinen Ursprung wohl in der Quantenphysik haben. Panisch schaute ich mich um, wo wohl das Schwarze Loch sein könnte, das mir einen Weg aus dieser absurden Situation schaffen würde. Keins da, na toll, nicht mal die physikalischen Gesetzte waren auf meiner Seite.

Unsicher richtete ich den Blick wieder nach vorne, wo ich erneut von Jans blauen Augen empfangen wurde.

„Danni, was ist denn los mit dir? Erkennst du mich etwa nicht wieder? Deinen Lübeck-Loverboy?"

Verdammt. Musste er diesen Spitznamen jetzt vom Stapel lassen? Es stimmte ja, so hatte ich ihn immer genannt, nachdem wir einmal zusammen (und Jan hatte beschworen, dass so ein Entgegenkommen seinerseits bestimmt nie wieder vorkommen würde) Dirty Dancing gesehen hatten. Schmerzlich schoss mir die Erinnerung in den Kopf, wie ich Jan immer im Bett zärtlich mit diesem Namen geneckt hatte (wobei das Bett natürlich nur ein Sinnbild für so ziemlich jeden Ort war, an dem man sich lieb haben konnte). Aber für Okka war diese Information ganz sicher nicht gedacht.

Als hätte ich es gewusst, mischte sie sich süffisant in das Gespräch ein:

„Herr Loverboy also? Hm, haben Sie vielleicht einen Doppelnamen, reserviert ist nämlich lediglich ein Zimmer auf den Namen Kolinsky."

Zugegeben, für Jans dummes Gesicht hätte ich sie küssen können, hätte ich mich nicht gerade in einem desolaten Gefühlszustand befunden.

„Schon gut, Okka", sagte ich deshalb zu ihr, um weitere Peinlichkeiten zu vermeiden, „ich übernehme das". Und zu Jan gewandt, fügte ich hinzu: „Und du kommst mit, du hast mir einiges zu erklären."

Unsanft packte ich ihn am Jackenärmel, und schon kurze Zeit später saßen wir im Wagen Richtung Westerland. Sicher würden die anderen eine Weile ohne mich auskommen, und notfalls hatte ich ja das Handy dabei. Das hier ging eindeutig vor!

Von außen betrachtet, hätte man meinen können, die Zeit wäre zurückgedreht worden und Jan und ich wären wieder das Paar von einst.

Schon damals hatte er großspurig hinterm Lenkrad seines Sportwagens gethront, welches er einhändig bediente, um nebenbei als DJ an seinem Auto-Hifi-System fungieren zu können. Ich saß gewohnt unbeteiligt daneben, schwer damit beschäftigt, ihn auf spontan die Straße überquerende Rentnerinnen mit Gehwagen (Mensch, die waren aber auch völlig unkalkulierbar, tauchten sie doch so schrecklich flink, quasi aus dem Nichts auf) und auf Rot springende Ampeln (wer konnte auch ahnen, dass Gelb die Vorstufe für Rot sein würde) hinzuweisen. Ansonsten beschränkten wir uns darauf, uns anzuschweigen und unseren Gedanken nachzuhängen.

In mir brodelte es gewaltig. Wie konnte dieser Mistkerl es wagen, hier aufzutauchen, und verdammt noch mal, was wollte er von mir? Schwer vorzustellen, dass Jan zufällig in der „DünenZeit" aufgekreuzt war. Immerhin lag das Hotel nicht an der A7 Höhe Hamburg, sondern in einem doch recht verschlafenen Örtchen und zudem auf einer Insel am äußersten Rande der Republik.

Eigentlich konnte es doch nur zwei Möglichkeiten geben: Entweder wollte er mir mitteilen, dass bei ihm eine schlimme Geschlechtskrankheit diagnostiziert worden war und ich doch besser schon einmal meine Angelegenheiten klären sollte, bevor es zu spät sein würde (das war es hoffentlich nicht), oder er plante eine Liebeserklärung im Sinne von „Erst als du fort warst, habe ich gemerkt, wie sehr ich dich liebe".

Vor meinem geistigen Auge sah ich mich schon mit Kai Pflaume im metallenen Van über meine Gefühle sprechen, bevor im Anschluss Jan an einem herzförmigen Ballon vom Himmel herab schwebte, in der Hand die einstmalig so sehr ersehnten Eheringe.

Konnte es sein, dass mir dieser Gedanke tatsächlich gefiel? Nach allem, was dieser Mensch mir angetan hatte, wäre das als ein deutliches Symptom für eine schwere Form des Masochismus zu werten.

Neben mir rülpste es. „Sorry, Babe. Muss wohl zu viel Coke getrunken haben auf der Überfahrt."

Hm, dieses Verhalten widersprach allerdings ganz gewaltig der Theorie Nummer zwei.

„Hier können wir parken", wies ich das Prachtexemplar neben mir an, und kurze Zeit später steuerten wir zu Fuß auf eine gemütliche Bar in der Friedrichstraße, Westerlands Bummelmeile, zu. Trotz des eher mittelmäßigen Wetters und der Tatsache, dass Nebensaison war, waren sowohl die Fußgängerzone als auch die Bar gut gefüllt.

Eine Wand aus warmer Luft schlug uns entgegen, als wir durch die schweren Vorhänge an der Eingangstür eintraten.

Vorbei an kleinen rustikalen Tischen und durch ein buntes Stimmengewirr, bahnten wir uns einen Weg durch den Gastraum. In der hinteren Ecke fanden wir ein Plätzchen, an dem wir ungestört würden reden können. Galant rückte Jan mir den Stuhl zurecht, nicht ohne sich dabei in den bewundernden Blicken der Damen an den Nachbartischen zu suhlen.

In Lübeck damals hatten wir viel Zeit in Bars und Restaurants verbracht. Vor allem Jan hatte es immer heraus gezogen, mitten ins Leben hinein. Inzwischen meinte ich zu wissen, dass es genau das war, was ihm Angst gemacht hatte:

Das Gefühl, ich wollte ihn seiner Freiheit berauben und ihn einsperren in das lebenslange Verlies der monogamen Zweisamkeit.

„Jan, warum bist du hier?", fragte ich ihn ohne Umschweife und innerlich schwer damit beschäftigt, das Fünkchen Hoffnung auf einen unverhofften Neuanfang zu ersticken, das entgegen aller Vernunft in mir loderte.

„Süße", sagte er und blickte mich treu-doofer an, als es ein Retriever je gekonnt hätte. „Ich bin hier, um dich nach Hause zu holen. Lübeck und ich vermissen dich. Dafür bin ich bereit, alles zu vergessen, was war."

Beinahe wäre mir die Salzstange im Hals stecken geblieben, die ich vor lauter Nervosität während Jans Ansprache vernichtet hatte.

„Wie bitte? *Du* bist bereit, alles zu vergessen? Ich darf dich doch sicher daran erinnern, dass *Du* es warst, der mich durch diese billige Schlampe ersetzt hat! *Du* warst es, der unsere Beziehung zerstört hat, ganz allein *Du*!"

Erst jetzt merkte ich, dass ich mich, wütend festgekrallt am Tisch, von meinem Stuhl erhoben hatte und gefährlich schnaubend auf Jan herabblickte.

Das Stimmengewirr um uns herum war, wahrscheinlich ob meiner Lautstärke, gänzlich erloschen. Lediglich der Wirt verursachte quietschende Geräusche, während er – äußerst beschäftigt wirkend und unauffällig zu uns herüber linsend – seine Gläser polierte. Langsam sank ich zurück auf meinen Stuhl, räusperte mich peinlich berührt und hoffte darauf, schnellstmöglich im Erdboden zu versinken. Jan hatte die Arme vor dem Körper verschränkt und wartete, bis die neugierigen Blicke von den Nachbartischen nachließen und die Geräuschkulisse sich wieder normalisierte.

„Danni, Süße", redete er mit mir wie mit einem kleinen begriffsstutzigen Kind, „wir wissen doch beide, dass an einer Trennung immer zwei beteiligt sind. Also spiel bitte nicht das Opfer. Dein ständiges Gerede von der großen Liebe, der Kinderschar und dem Einfamilienhaus im Grünen … wenn wir ehrlich sind, hast du mir doch gar keine Wahl gelassen. Niemand wird gerne unter Druck gesetzt, vor allem nicht in meinem Alter."

„In deinem Alter?", fragte ich kopfschüttelnd nach. „Jan, du bist 38 Jahre alt. Wann genau hast du denn geplant, sesshaft zu werden? Wenn du aus Altersgründen sowieso nicht mehr gut zu Fuß bist? Und nur weil du dich eingeengt gefühlt hast, ist das doch noch lange kein Freibrief dafür, jemanden nach Strich und Faden zu betrügen."

Beachtlich, selbst in dieser Situation zeigte mein Exfreund keine Spur der Reue. Eher schien er noch stolz auf seine Eroberung zu sein, denn er lächelte schelmisch:

„Gut, ich gebe zu, das war Mist. Deshalb habe ich mich auch von Susi getrennt. Um frei zu sein für dich und unsere Liebe. Ich habe es zwar viel zu spät gemerkt, aber jetzt weiß ich es, Süße: Du bist die Liebe meines Lebens."

Da waren sie also, die in jeder gängigen Liebesschnulze der Neuzeit sorgfältig geprobten Worte. Wie oft hatte ich gehofft, diese aus Jans Mund zu hören. Wie viele verheulte Nächte hatte ich damit verbracht, mir genau diesen Moment auszumalen.

Und jetzt, wo es so weit war, kamen mir Jans Versprechungen vor wie der siebte Teil von Police Academy: unkreativ und ausgelutscht.

Nachdenklich zerknüllte ich die Tischdecke, die nun wirklich am wenigsten für die Situation konnte, zwischen meinen Händen.

„Wie stellst du dir das vor?", nahm ich das Gespräch nach einigen Momenten wieder auf, „glaubst du, ich lasse hier alles stehen und liegen und reite mit dir auf deinem weißen Schimmel zurück ins heimatliche Königreich?"

Der Ausdruck auf Jans Gesicht machte mir deutlich, dass er nichts übrig hatte für meine blumige Sprache, also versuchte ich es mit klareren Worten:

„Das hier ist jetzt mein Leben, Jan. Und darin kommst du leider nicht mehr vor."

So, das war jetzt sicherlich deutlich genug. Auf jeden Fall so deutlich, dass der bisher so selbstsicher, fast arrogant wirkende Jan für einen kurzen Augenblick seine coole Fassade verlor und annähernd traurig wirkte. Er ließ seinen Kopf hängen und vergrub ihn einen Augenblick in seinen Händen. Als er ihn kurz darauf wieder erhob, hatte er jedoch zu alter Zuversicht zurückgefunden:

„Ich werde kämpfen, Danni. Ich hab mir zwei Wochen Urlaub genommen, die ich auf Sylt, bei dir, verbringen werde. Ich weiß, dass du mich auch liebst."

Ich hatte beschlossen, zu Fuß nach Friesum zurück zu gehen. Ich brauchte dringend einen freien Kopf und hoffte darauf, dass mich die Brise am Strand frei pusten würde von allen quälenden Gedanken.

So ließ ich Jan in seinem Sportflitzer davon sausen und machte mich auf in Richtung Meer.

Die bunten Auslagen in den Schaufenstern sah ich gar nicht, ebenso wenig wie die Menschenmassen, die sich für einen „Sehen-und-gesehen-werden-Kaffee" auf einer der vielen beheizten Außenterrassen niedergelassen hatten.

Schon einige Meter vor dem Übergang zum Strand spürte ich die Windstärken, die heute über die Insel bliesen. Genau richtig für einen durchlüftenden Spaziergang.

Am oberen Rand der Treppe, die zum Wasser hinunter führte, blieb ich kurz stehen, breitete die Arme aus und schloss die Augen. Von mir aus konnte mich der Wind jetzt packen und hinfort wehen, bis nach Wolkenkuckucksheim oder einen ähnlich sorgenfreien Ort. Vorsichtig blinzelte ich aus einem Auge: Nein, diese Reise würde mir wohl dank Lottis Hausmannskost verwehrt bleiben. Also weiter.

Ich stieg die Stufen herab und arbeitete mich gegen den Wind über den Sandstrand vor. Tosend und wütend erwartete mich das Meer, als wäre es auch sauer über das plötzliche Auftauchen von Jan.

„Recht hast du. Er ist wirklich ein Riesen-Idiot!", schrie ich gegen das Lärmen der Brandung und des Windes an, und meine Verbündete, die Nordsee, gab mir recht, indem sie zustimmend gewaltige Wellen vor meinen Füßen brechen ließ.

„Damit meinen Sie aber nicht mich, oder?"

Erschrocken fuhr ich herum und stieß beinahe mit einem jungen, sportlich gekleideten Mann zusammen. Wo kam der denn jetzt her, eben war der Strand um mich herum doch noch menschenleer gewesen. Sollte es einen Preis geben für die meisten peinlichen Auftritte innerhalb kürzester Zeit, würde man mich wohl zumindest nominieren.

„Äh, nein. Natürlich nicht. Bitte entschuldigen Sie meine Ausdrucksweise, ich war wohl ein wenig wütend", versuchte ich mich aus der unangenehmen Situation zu retten. Plötzlich packte mich der Fremde am Arm und riss mich mit sich:

„Vorsicht! Sonst holt Sie die Nordsee!"

Hilfe, ein Wahnsinniger! Mit aller Kraft befreite ich mich aus seinen Fängen, bereit, mich notfalls mit Fingernägeln und Zähnen zu verteidigen.

„Sachte, sachte. Ich wollte Sie doch nur davor bewahren, nasse Füße zu bekommen", lachte er und zeigte auf die nahe Gischt, die sich gerade wieder Richtung Meer zurückzog.

Beschämt ließ ich von ihm ab und nahm mir einige Sekunden, meinen vermeintlichen Retter genauer unter die Lupe zu nehmen.

Süß war er ja, das musste man ihm lassen. Genau die richtige Mischung aus Bradley Cooper (zum schwach werden männlich) und Barney Geröllheimer (zum Knuddeln süß). Ansonsten schätzte ich ihn auf Mitte bis Ende dreißig und, wie mir ein Blick auf seinen Ringfinger verriet, unverheiratet. Ich ertappte mich dabei, wie ich mir eine Haarsträhne hinters Ohr strich, laut der „Für Sie" ein untrügliches Flirt-Indiz.

Schnell ließ ich meine Hände wieder in den Taschen meiner Winterjacke verschwinden. Schließlich war das hier nicht die Cinderella-Story, und weder saß ich in einer Kürbis-Kutsche noch würde ich meinen Schuh verlieren, der nämlich kein gläserner Pumps, sondern ein robuster Winterstiefel war.

„Tja, dann vielen Dank für die Rettung vorm Ertrinken. Jetzt möchte ich Sie auch nicht weiter aufhalten. Sicherlich haben Sie noch andere Frauen vor dem sicheren Tod durch den Blanken Hans zu bewahren", witzelte ich, schenkte dem Fremden noch ein Lächeln und ging dann in Richtung Süden davon.

Was für eine merkwürdige Begegnung. Tatsächlich war ich ganz durcheinander. Nach einigen Metern drehte ich mich noch einmal vorsichtig um und sah, dass sich der Mann nicht vom Fleck bewegt hatte und mir noch immer nachsah.

Abrupt richtete ich den Blick wieder nach vorne. Den Kopf hatte mir der Fremde, wie es schien, sowieso schon gewaltig verdreht. Gut, dass ich ihn wohl so schnell nicht wieder sehen würde. Mein Leben war schon kompliziert genug, eine weitere Liebelei mit möglichen Komplikationen konnte ich mir zurzeit unmöglich leisten.

Kopfschüttelnd setzte ich meinen Weg fort. Zwar blies der Wind gewaltig, trotzdem erreichte ich bereits nach etwa 25 Minuten den Übergang zur „DünenZeit".

Puh, das hatte gut getan! Rotbackig und ordentlich durchgepustet, betrat ich das Foyer. Und wurde sogleich von einer aufgeregten Okka empfangen.

„Mensch, da bist du ja endlich, Danni! Hier steht alles Kopf, und du bist nicht erreichbar." Vorwurfsvoll sah sie mich an.

Shit! Zerknirscht holte ich mein Handy hervor. Das hatte ich ja über das ganze Gefühls-Tohuwabohu völlig vergessen! Das Display meldete mir zehn Anrufe in Abwesenheit.

„Tut mir leid!", sagte ich schuldbewusst. „Bei mir geht es gerade drunter und drüber. Aber das ist natürlich keine Entschuldigung. Was ist denn passiert?"

„Na, nichts ist passiert, das ist ja das Schlimme! Keine Anreisen, mal abgesehen von der des Herrn Lübeck-Loverboys."

Verwirrt starrte ich unsere Rezeptionistin an:

„Was meinst du damit, es gab keine Anreisen? Wo sind denn unsere Gäste dann?"

„Zuhause", antwortete Okka knapp.

„Jetzt lass dir nicht alles aus der Nase ziehen. Was meinst du damit, unsere Gäste sind zuhause? Und wenn das so ist, WARUM sind sie dann bitte noch zuhause?"

„Naja, vorhin rief mich die Familie Stöterau an. Ob wir denn schon wüssten, wie lange sich die Hoteleröffnung genau verschieben würde. Ich wusste natürlich erst einmal gar nicht, wovon die Rede ist. Deswegen habe ich nachgehakt und erfahren, dass jemand, der sich als unser neuer Mitarbeiter vorgestellt hat, die Buchung der Stöteraus storniert hat. Weil das Hotel angeblich nicht rechtzeitig fertig geworden sei", schloss sie und guckte mich dann abwartend an.

Mir blieb die Spucke weg.

„Und die anderen Gäste?", fragte ich, wohl wissend, was die Antwort sein würde.

„Na, die hab ich dann natürlich auch gleich angerufen. Mit genau dem gleichen Resultat. Ich habe mich selbstverständlich tausendfach entschuldigt und versichert, dass es bei uns überhaupt keinen neuen Mitarbeiter gibt und uns da jemand einen bösen Streich gespielt haben muss. Trotzdem ist es natürlich nicht allen möglich, jetzt noch spontan anzureisen. Besonders das Pärchen aus Bayern hat Schwierigkeiten, immerhin ist die Anreise weit und der Urlaub begrenzt."

„Das ist ja eine absolute Katastrophe!", wurde ich leicht panisch und lief hektisch vor Okka auf und ab.

„Und was machen wir jetzt?", fragte ich die im Gegensatz zu mir in ihrer Position verharrende Okka, ohne wirklich auf einen Lösungsvorschlag zu hoffen.

„Beten wäre gut, denke ich", antwortete sie mir, „das hilft immer. Ansonsten werde ich mich jetzt ans Telefon begeben und versuchen, unsere Gäste zu einer kurzfristigen Anreise zu überreden."

Ich unterbrach mein hektisches Auf und Ab:

„Gut, mach das bitte. Biete ihnen als Wiedergutmachung einen Rabatt von 20 Prozent auf den üblichen Zimmerpreis an. Das sollte als Argument genügen."

Ich wollte mich schon auf den Weg ins Büro machen, hielt aber kurz inne:

„Ach und noch was: vielen Dank für deine Hilfe, Okka. Du machst hier einen großartigen Job." Unbeholfen tätschelte ich ihre, wie immer ein wenig versteiften Schultern und ließ sie dann an der Rezeption alleine.

Dick eingepackt stand ich am Strand vor unserem Hotel und starrte hinaus auf die See. Das Wetter hatte sich zum Nachmittag hin beruhigt, und das Meer hatte aufgehört zu toben und machte sich langsam bereit für die bevorstehende abendliche Ruhe.

In mir tobte es hingegen weiter. Den ganzen Nachmittag waren Okka und ich damit beschäftigt gewesen, das geschehene Malheur wieder in Ordnung zu bringen und den Schaden zu begrenzen. Natürlich hatte ich auch Grotelüschen über die Geschehnisse in Kenntnis setzen müssen, der sich ganz und gar nicht erfreut ob der aktuellen Ereignisse gezeigt hatte.

Tatsächlich hatte er mich gefragt, ob ich mich der Leitung der „DünenZeit" gewachsen fühlte. Eine bodenlose Frechheit, hatten wir es doch hier offensichtlich mit einer fiesen Sabotage zu tun, für die ich ja nun wirklich nichts konnte!

Jetzt stand ich hier am Meer. Auf der einen Seite wild entschlossen zu ordnen, was alles geschehen war, auf der anderen Seite furchtbar mutlos, weil nichts, aber auch gar nichts zu funktionieren schien.

Das Gros meiner Familie und meiner Freunde befand sich weit weg, auf der anderen Seite des Bundeslandes, und konnte mir höchstens via Telefon, E-Mail oder SMS (ich besaß nämlich keins dieser furchtbar angesagten Smart-Phones) Beistand leisten.

Das Hotel sah zwar schön aus, hatte aber aus bekannten Gründen so gut wie keine Gäste, womit es seinen eigentlichen Zweck nicht erfüllte, und zu allem Überfluss holte mich mein vergangenes Leben in Form von Jan wieder ein und begehrte Zugang zu meinem neuen Ich.

Verzweifelt und zugegebenermaßen auch ein wenig selbstmitleidig, schlug ich die Hände vors Gesicht und fing hemmungslos an zu weinen.

Viel zu viel war in den vergangenen Monaten auf mich eingeprasselt. Ich sank auf meine Knie und schluchzte, dass man hätte meinen können, ich wollte den nur leichten Tidenhub an der Westseite der Insel mit meinen Tränen künstlich verstärken.

Ich erschrak sehr, als sich eine starke Hand von hinten auf meine Schulter senkte. Mit verschleiertem Blick erkannte ich Knut, der sich ächzend neben mir im Sand niederließ.

„Na-na, meine Kleine. Was kann denn so schlimm sein, dass du versuchst, die Insel zu fluten?" Liebevoll sah er mich an, und ich war erleichtert über die Nähe meines einheimischen Knuddelbären.

„Der Inselfunk ist schnell. Okka hat uns bereits über die Ankunft deines Verflossenen informiert. Weinst du etwa seinetwegen?", fragte er und legte jetzt seinen Arm wärmend um meine Schulter.

„Ja, auch", gab ich zu. „Und wegen der miesen Tricks von Petersen und weil halt insgesamt gerade alles blöd ist." Wieder fing ich an, mir selbst schrecklich leid zu tun und vergrub mein Gesicht in Knuts warmen Wollpulli.

Mein Tröster ließ mich eine Weile weinen, bevor er mit seiner rauen Stimme sprach:

„Ach, ihr armen Lüüd vom Festland habt ja keine Ahnung, wie das Leben hier auf Sylt funktioniert. Sonst wüsstet ihr, dass ihr euch immer viel zu viele Sorgen macht.

Wir Bewohner leben seit jeher mit dem Meer und seinen Launen und haben schon so manch eine schwere Sturmflut miterlebt. Selbst wenn wir tagelang vor unseren Kaminöfen sitzen und Tee trinken, während uns die Insel um die Ohren fliegt, und wir um Hab, Gut und Vieh bangen, so sind wir uns doch immer eines gewiss: Früher oder später wird der Himmel aufreißen, sich der Wind legen und die graue Sturmhölle wieder Platz machen für Sylt, wie es am schönsten ist.

Und meist erscheint uns das frische Licht dann noch viel heller, als wir es vor dem Sturm wahrgenommen haben. Wir haben einfach Vertrauen in unsere Heimat und wissen, dass sie es gut mit uns meint. Außerdem können wir Einheimischen uns immer aufeinander verlassen – das macht uns stark.

Da solltet ihr euch dringend mal eine Scheibe von abschneiden, ihr Festlandindianer." Liebevoll kniff er mich in die Wange, wie es mein Opa früher immer getan hatte. „Wenn du dich der Insel öffnest, wird sie für dich da sein. Und bis du das zulässt, sind wir ja da, um dich mit aller Macht zu unterstützen."

Er zwinkerte mir zu, erhob sich und ließ mich mit meinen Gedanken zurück.

„Aber wie mache ich das?", rief ich ihm noch hinterher, doch meine Stimme wurde von einer leichten Böe davon getragen.

Ich blieb noch eine kurze Weile am Strand sitzen und versuchte angestrengt, mich zu öffnen. Dieses Unterfangen gestaltete sich allerdings schwierig, wusste ich doch nicht, wie ich das verdammt noch mal anstellen sollte. Irgendwann gab ich auf und kehrte resigniert ins Hotel zurück.

Am nächsten Morgen startete ich einigermaßen hoffnungsvoll in den Tag.

Dank unserer gestrigen Rettungsaktion war es Okka und mir gelungen, sowohl die Familie Stöterau als auch die alleinreisende Dame zu einer um einen Tag verschobenen Anreise zu überreden.

Das Pärchen aus Bayern hatten wir allerdings durch die miese Aktion unseres werten Nachbarn endgültig aus dem Buchungssystem streichen müssen. Sie hatten sich entschlossen, kurzfristig Gran Canaria zu buchen und waren nunmehr nicht bereit, die Aussicht auf zwei Wochen im ewigen Frühling wieder zu stornieren.

Obwohl wir das Schlimmste hatten verhindern können, brannte mir natürlich eine Frage unter den Nägeln: Woher hatte Petersen die Daten unserer Gäste gehabt, um diese kontaktieren zu können? Entweder gab es bei uns eine undichte Stelle, oder Petersen hatte sich eigenhändig Zugang verschafft.

Ich konnte mich nicht entscheiden, welche Option beängstigender war. Dass jemand aus unserem Team (unschwer festzumachen, um wen es sich in diesem Fall handelte) uns dermaßen in den Rücken fiel oder dass der Petersen in uns lesen konnte wie in einem offenen Buch.

Hatte er vielleicht sogar Zugriff auf mein E-Mail-System? Kaum auszudenken, was für einen Schaden er mit dem Wissen anrichten konnte, kreativ genug war er ja offensichtlich.

Ich musste das unbedingt mit ihm klären. So konnte es auf keinen Fall weitergehen. Ich beschloss, ihm später einen Besuch abzustatten und Klartext mit ihm zu reden.

Herrje, bei dem Gedanken wurde mir schon jetzt angst und bange. Wäre ich doch bloß die Hotelfachfrau geblieben, die ich einmal gewesen war, dann hätte es jetzt genügt, bei Herrn Grotelüschen zu petzen, und er hätte sich um das Problem kümmern dürfen. Wie stand es doch immer in allen Ratgebern? Geld und Macht machen nicht glücklich. Wie wahr, wie wahr!

Ich seufzte einmal tief und betrat dann den Frühstücksraum. Auch wenn es sich bei unserem einzigen Gast an diesem Morgen um meinen Ex-Partner handelte, den ich lieber zum Mond schießen würde, als ihm einen schönen Tag zu wünschen, so würde er mich dennoch nicht dazu bringen, meine Gastgeberpflichten zu vernachlässigen.

„Guten Morgen, Jan", begrüßte ich ihn daher mit einem zugegebenermaßen aufgesetzten Strahlen, „ich hoffe, du hast gut geschlafen und alles ist zu deiner Zufriedenheit?"

Genüsslich biss er in sein Marmeladencroissant, kaute gemächlich und lächelte mich süffisant an:

„Nur du hättest meine Nacht noch versüßen können. Hätte gedacht, dass du gestern noch auf einen Gute-Nacht-Trunk vorbeischaust."

Ich verschränkte die Arme vor dem Körper. Penetrant war er ja, das musste man ihm lassen. Wenn ich so darüber nachdachte, war das sowieso immer eine seiner dominanten Eigenschaften gewesen. Jan wollte Bundesliga gucken – Jan guckte Bundesliga. Jan hatte sich in den Kopf gesetzt, das Wochenende mit seinen Kumpels in Hamburg zu verbringen – Jan verbrachte das Wochenende mit seinen Kumpels in Hamburg. Jan war der Meinung, für eine Familienplanung sei es erheblich zu früh – Danni schluckte jeden Abend brav ihre Antibabypille.

Da half keine Argumentation, kein Jammern und kein Zetern – am Ende bekam der Gute grundsätzlich seinen Willen, ganz egal, wer oder was darunter zu leiden hatte.

Doch damit sollte jetzt Schluss sein. Einmal in seinem Leben würde er nicht das bekommen, was er sich, aus welchen Beweggründen auch immer, in den Kopf gesetzt hatte. Dafür würde ich sorgen.

„Sag mal", betont gelangweilt ließ ich mich auf dem Stuhl neben ihm nieder, „warum genau hast du dich denn eigentlich von Susi getrennt? Du warst doch immer so begeistert von ihrer", ich dachte kurz nach, welcher Ausdruck ihre „Argumente" am besten beschreiben würde, „von ihrer Ausstrahlung".

Unruhig rutschte mein Ex auf seinem Stuhl hin und her: „Das sagte ich doch schon. Weil ich wieder mit dir zusammen sein wollte. Weil ich erkannt habe, dass du die Frau meines Lebens bist."

Er wich meinem Blick aus und beschäftigte sich nun intensiv mit seinem Frühstücksei. Schien, als war ich auf der richtigen Fährte. Ich bohrte weiter:

„Und was hat sie dazu gesagt? Sie war doch sicherlich am Boden zerstört, als du Schluss gemacht hast?" Ich fixierte ihn noch ein wenig intensiver, so dass er kaum noch eine Möglichkeit hatte, auszuweichen.

„Ja, doch", stammelte er, „das hat ihr sicher das Herz gebrochen".

Jetzt reichte es mir. Ich nahm ihm den Löffel aus der Hand, mit dem er noch immer das unschuldige Ei malträtierte.

„Kann es vielleicht sein, dass gar nicht du es warst, der sich getrennt hat, mein Lieber?"

Erwischt!

Jan wand sich wie ein kleines Kind, das beim heimlichen Naschen am Nutella-Glas ertappt worden war:

„Gut, sie hat es zuerst gesagt. Aber ich schwör, dass ich mich schon lange von ihr trennen wollte. Hatte nur Angst um ihre Gefühle. Sie ist ja doch sehr zerbrechlich", argumentierte er und nahm trotzig den Eierlöffel wieder auf.

Ha! Wie viel Rücksicht Jan auf die Gefühle einer Frau nahm, hatte ich ja seinerzeit am eigenen Leib erfahren dürfen. Glaubte der eigentlich, ich sei bescheuert? Ja, wahrscheinlich glaubte er genau das. Konnte er haben:

„Hm ja, verstehe", setzte ich gespielt verständnisvoll an.

„Du warst ja schon immer sehr sensibel. Also ganz tief drinnen." Ich piekste ihm mit meinem Zeigefinger in den Brustkorb, und er schrie auf, wie ein schreckhaftes kleines Mädchen.

Jetzt konnte ich es mir nicht mehr verkneifen und lachte laut auf:

„Also wirklich, Jan, wer soll dir diesen Schwachsinn denn bitte abkaufen? Wir wissen doch beide, dass dein eigenes Wohlbefinden weit oben auf deiner Prioritätenliste steht. Hättest du Susi verlassen wollen, hättest du das getan, ohne auch nur mit der Wimper zu zucken."

Theatralisch stöhnte Jan auf und versuchte einen imaginären Pfeil aus seiner Brust zu ziehen:

„Damit triffst du mich jetzt aber wirklich, Liebe meines Lebens. Scheint, als würdest du mich sehr schlecht kennen. Ich bin nämlich sehr wohl zu echten Gefühlen fähig. Das ist der Grund, warum ich dir hierher gefolgt bin. Komm schon, Danni, gib uns eine Chance. Wir waren doch so glücklich, hast du das denn schon vergessen?"

Nein, das hatte ich allerdings nicht. Kein zweites Mal in meinem Leben war ich so glücklich gewesen wie in dem Moment, als Jan mir damals auf der Seebrücke von Scharbeutz seine Liebe gestanden hatte.

Es war einer dieser magischen Abende gewesen, an dem das Meer so ruhig und die Luft so klar waren, dass die Welt stillzustehen schien.

Beine baumelnd, hatten wir es uns am Ende des Stegs mit einer Flasche Wein gemütlich gemacht, uns stundenlang gegenseitig in die Augen geschaut, die stille Bucht und den Sternenhimmel betrachtet. Irgendwann, es muss so gegen Mitternacht gewesen sein, sagte mein Liebster dann die magischen drei Worte. Und ich war mir sicher, dass während des anschließenden Kusses ein heller Komet den Himmel erleuchtete, um fortan über unsere Liebe zu wachen.

Heute ging ich davon aus, dass diese Erscheinung nur dem billigen Wein geschuldet sein konnte, den Jan damals noch schnell an der Tankstelle besorgt hatte.

Sollte es tatsächlich möglich sein, vergangenem Glück neues Leben einzuhauchen? Und könnte ich

Jan je wieder vertrauen, oder würde ich minütlich sein Handy kontrollieren müssen, um meine Eifersucht im Zaum zu halten? Ich wusste es wirklich nicht.

Nachdenklich erhob ich mich vom Stuhl:

„Ich muss über alles nachdenken, gib mir bitte ein wenig Zeit", bat ich Jan.

Dieser legte seine Stirn in Falten und sah mit einem Blick zu mir auf, wie ihn nur ein Elvis Presley herzzerreißender hinbekommen hätte:

„Bitte, Danni. Geh mit mir essen. Wenn wir Zeit miteinander verbringen, können wir einander sicher wieder näherkommen."

Er nahm meine Hand und verstärkte die Dackelblickstufe noch einmal um 100 Prozent.

Tapfer versuchte ich, seinem Charme zu trotzen und … schaffte es nicht. Nicht umsonst hatte ich mich damals im Biergarten auf den ersten Blick in ihn verliebt.

„Ach, was soll's", resignierte ich und atmete laut aus, „dann gehen wir eben essen. Morgen Abend in der ‚Alten Friesenstube'. Und du zahlst".

Jan strahlte, als wäre der HSV zum Dritten mal in Folge Deutscher Meister geworden:

„Es ist mir eine Ehre."

Ich warf ihm noch einen gespielt strengen Blick zu und verließ dann den Raum, nicht ohne dabei verschämt lächeln zu müssen.

Dass sich Jan so ins Zeug legte, um mich zurückzugewinnen, schmeichelte mir dann doch mehr, als ich es mir zunächst hatte eingestehen wollen. Ob ich bereit war, wieder etwas mit ihm anzufangen, stand allerdings auf einem ganz anderen Blatt. Selbst wenn er noch so tief in seiner Romantik-Trickkiste kramen würde, war ich mir nicht sicher, ob ich ihn jemals wieder an mich heranlassen und eine vertrauensvolle Beziehung zu ihm aufbauen könnte. Ein gesunder Selbstschutz, wie ich fand. Allerdings wusste ich auch, dass dieses Instrument nur allzu gern versagte.

Erst letztes Jahr musste ich beispielsweise miterleben, wie sich eine alte Schulfreundin von mir monatelang von ihrem Freund (in diesem Fall mit Sicherheit ein völlig falscher Begriff für ihren Partner) Hörner aufsetzen ließ, die jeden Zuchtbullen neidisch gemacht hätten.

Quasi jeder wusste, dass er regelmäßig in fremden Betten wühlte und dass er daraus auch keinen Hehl machte. Nur ihr war diese Tatsache offensichtlich entgangen. Als sie schließlich hinter seine Betrügereien kam (er rief sie im betrunkenen Zustand an, sprach sie mit dem Namen einer seiner Gespielinnen an und fragte, ob er noch auf einen, Zitat: „Blowjob", vorbeikommen könnte), fiel sie zunächst aus allen Wolken und kurze Zeit später, nachdem ihr Freund schwere Geschütze in Form mehrerer schwülstiger Liebeserklärungen aufgefahren hatte, zurück in seine Arme.

Bereits einige Wochen nach der Reunion hatte ich ihn mit einer rassigen Brünetten beim Italiener in der Altstadt gesehen, und der Handkuss, den er ihr charmant verabreichte (wobei er übrigens fast in ihr üppiges

Dekolleté fiel), sah weder nach Geschäftsessen noch nach einer platonischen Freundschaft aus.

Das würde mir nicht passieren, schwor ich mir auf dem Weg in Richtung Rezeption. Einmal Herzschmerz pro Mann musste genügen.

Als ich die Diele betrat, öffnete sich die Haustür. Herein kam ein älteres Paar mit Regenjacken im Partnerlook, wie man sie in den Fußgängerzonen norddeutscher Badeorte oftmals zu sehen bekam. Ich hatte mich ja schon immer gefragt, was die Motivation für einen solchen Zwillings-Kauf sein könnte: Die Angst, durch eine Böe durcheinander gewirbelt und anschließend nicht mehr einander zugeordnet werden zu können? Na, so stark war der Wind dann ja doch nicht, und außerdem konnte man seinen Partner notfalls auch noch am Geruch und/oder der Art, wie er sein Frühstücksei aß, erkennen.

Oder war es der Versuch, jegliche Individualität zu verhindern, quasi als Prophylaxe gegen eine persönliche Entwicklung, die nicht der gemeinsamen Marschrichtung entsprach?

Wahrscheinlich würde es nie zu der Lösung dieses Mysteriums der Neuzeit kommen, dachte ich und konzentrierte mich wieder auf die Gäste:

Sie schritt forsch voran, er trottete hinterher, wobei er zwei riesige Koffer polternd über die Schwelle zog und dabei schimpfend am Türrahmen hängenblieb.

Das musste wohl die Familie Stöterau sein.

„Komm jetzt endlich, Karl-Heinz!", durchbrach die Dame meinen Versuch einer Begrüßung.

„Mich hast du damals zwar nicht über die Schwelle getragen, aber mit den Koffern wirst du es ja wohl hinbekommen", zeterte sie weiter.

„Hätte ich das damals versucht, würde ich heute nicht hier stehen", murmelte der Herr und schaffte es dann, die verkanteten Koffer zu befreien.

Ich kicherte hinter versteckter Hand. Ja, zumindest bei ihrer heutigen Körperform würde man wohl mindestens einen Gewichtheber der Klasse Fliegengewicht bemühen müssen, um die gute Dame zu stemmen.

Ihr Mann sah hingegen aus, als wäre er bei der täglichen Essensvergabe zu kurz gekommen, und ächzte weiter unter dem Gewicht der beiden Koffer.

Zeit, sich zusammenzureißen und die Gäste standesgemäß zu begrüßen:

„Herzlich willkommen in der ‚DünenZeit'. Sie müssen die Familie Stöterau sein, nicht wahr? Mein Name ist Danni Fischer. Ich leite das Haus seit seiner Neueröffnung. Hatten Sie eine gute Anreise?"

Frau Stöterau sah zunächst mich von unten bis oben, dann ihren Mann an:

„Siehst du, hab ich dir doch gesagt, dass so ein junges Gemüse jetzt das Sagen hat! Da muss immer alles neu und vom Feinsten sein, und wir dürfen hinterher die Rechnung zahlen. Dabei war doch alles so schön im ‚Dünenläufer', nicht wahr, Karl-Heinz?"

Genervt sah Herr Stöterau seine Frau an:

„Meckern konntest du damals genau wie heute, also kann sich ja nicht soviel geändert haben."

„Pfff", kommentierte diese die Reaktion ihres Gatten knapp und nahm sich wieder mich zur Brust.

„Nun gut, wenigstens haben Sie uns ja in der Suite untergebracht. Ist ja auch das Mindeste, so lange, wie wir schon Gäste Ihres Hauses sind. Und die 20 Prozent ziehen Sie dann auch ab, wie vereinbart?"

Mensch, das ging ja gut los.

„Anspruchsvolle Gäste sind kein Störfaktor, sondern eine Herausforderung", hatte unser Berufsschullehrer, Herr Göhring, damals immer gesagt. Also einmal tief durchatmen und weiter.

„Selbstverständlich, Frau Stöterau. Ich möchte mich auch noch einmal ganz herzlich für die Unannehmlichkeiten entschuldigen. Da hat uns jemand einen ganz bösen Streich gespielt. Aber jetzt kommen Sie doch erstmal an, und ruhen Sie sich von der Reise aus. Gerne servieren wir Ihnen ein Willkommensgetränk im Gastraum."

In diesem Moment schneite Okka aus ebendiesem herein. „Ach, Sie sind ja schon da! Herzlich willkommen bei uns, meine liebe Familie Stöterau", begrüßte sie unsere Gäste überschwänglich und ging mit ausgestreckter Hand auf die Ankömmlinge zu.

Wie durch Geisterhand veränderte sich der vergrätzte Gesichtsausdruck meines neuen Lieblingsgastes:

„Meine gute Frau Hansen. Wie schön, Sie wiederzusehen. Wenigstens Sie sind uns noch geblieben von unserem geliebten ‚Dünenläufer'."

War ja klar, dass die zwei sich gut verstanden. Aber mir sollte es recht sein. „Lieber ein Engelchen auf dem Dach, als das Teufelchen in der Hand", sagte man doch, oder?

„Dann übergeb' ich Sie mal vertrauensvoll in die Hände von Frau Hansen. Ich wünsche Ihnen einen wunderschönen Aufenthalt in der ‚DünenZeit'", freute ich mich über die unverhoffte Erlösung, nickte Okka zu und verzog mich in mein Büro.

Sicher würde auch unser letzter Gast für heute bald anreisen, und ich wollte die Zeit dazwischen nutzen, um noch ein wenig an unserem Internet-Auftritt zu feilen.

Richtig schön war er geworden, die Investition in die Webdesign-Firma hatte sich gelohnt.

Aufgebaut war er ähnlich wie der Internet-Auftritt der „HanseZeit", aber rief man die Homepage der „DünenZeit" auf, fand man sich mitten in einer Strandszenerie wieder, wie sie schöner nicht sein konnte. Leise Klavierklänge, gespickt mit Möwengeschrei und Brandungsrauschen machten so richtig Lust auf Urlaub.

Ich unterbrach das Intro, obwohl ich es mir auch ein tausendstes Mal gerne angesehen hätte, und klickte mich in meiner Maske bis zu dem Menüpunkt „Unsere Spezialitäten".

Hier wollte ich unsere „Birnen-, Bohnen- und Speck-Pastete" bewerben und diese, neben dem Verkauf im und außer Haus, auch zum Online-Versand anbieten. Als Mitbringsel oder Geschenkidee würde Lottis Kreation, reisefertig im Glas, bestimmt super ankommen. Und später würde die Liste unserer Spezialitäten hoffentlich noch wachsen, wenn ich Lotti bat, noch mehr Hausmannskost in ein modernes Gewand zu packen. Ich nahm eins der kleinen Gläser mit der geschwungenen Aufschrift „Birnen-, Bohnen- und Speck-Pastete aus dem Hause DünenZeit" in die Hand, die rechts auf meinem Schreibtisch standen und betrachtete es stolz. Lotti war wirklich ein Goldstück.

Ich stellte es vorsichtig zurück und machte mich daran, das tolle Foto, das Stine gestern noch zwischendurch von einigen Pastetengläsern in den Dünen geknipst hatte (in ihr schien eine kleine Künstlerin zu stecken), hochzuladen. In diesem Moment ging die Haustür auf und ein fröhliches „Juhu, ist jemand zu Hause?" erklang.

Neugierig ging ich zur Rezeption und traf dort auf eine gut gelaunte ältere Dame in Gummistiefeln und einer viel zu großen Öljacke. Ihren Kopf schmückte eine grob gestrickte, knall-orange Pudelmütze mit grünem Bommel.

„Moin, moin!", begrüßte sie mich, bevor ich überhaupt imstande war, etwas zu sagen. „Ich bin Herta Petersen und mit wem habe ich die Ehre?"

Was für eine Erscheinung! Wirbelte herein, wie ein mittelstarker Orkan, und strahlte wie die liebe Sonne höchstpersönlich. Entschlossen ging ich auf die Dame zu:

„Moin, moin! Mein Name ist Danni Fischer. Ich leite dieses Hotel. Was kann ich denn für Sie tun, Frau Petersen?", fragte ich höflich und half der Dame, die Tür hinter sich und ihrem Koffer zu schließen.

„Na, ich wohn' hier die nächsten Wochen. Das ist doch ein Hotel, oder nicht?", sagte sie schmunzelnd und fing an, sich ihrer Jacke zu entledigen.

Ich beeilte mich, ihr auch dabei behilflich zu sein.

„Ja, das schon. Aber ich habe Sie gar nicht in unserem Reservierungsprogramm. Oder sind Sie vielleicht als Frau Reuter angemeldet?" Sicherheitshalber rief ich noch einmal die Buchungen auf und überzeugte mich von der Richtigkeit.

Wäre nicht das erste Mal, dass mein Namensgedächtnis mich bitter im Stich ließ. Aber nein, da stand es schwarz auf weiß: Edelgard Reuter.

Frau Petersen, oder wie diese Person auch immer heißen mochte, ließ sich nicht aus der Ruhe bringen und nahm gemächlich auf der kleinen Sitzbank im Foyer Platz.

„Hol' doch mal die gute Lotti, meine Liebe. Dann schnacken wir weiter."

Hä? Jetzt war ich vollends verwirrt. Woher kannte diese Frau Lotti? Und warum duzte sie mich plötzlich? Und warum verfiel eine Frau, die zum Urlaub auf die Insel reiste, ins Plattdeutsche? Und Petersen? Der Name kam mir doch irgendwoher bekannt vor …

Baff starrte ich die Dame an und verließ dann wortlos den Raum, um Lotti zu holen. Ich fand sie, wie meistens, in der Küche.

„Äh, da ist eine Frau Peter …", weiter kam ich gar nicht, denn Lotti flog mit einem freudigen „Na endlich, meine Herta!" an mir vorbei.

Da ließ sie mich einfach stehen. Was für ein Irrenhaus hier! Ich brauchte dringend einen Schnaps. Oder lieber gleich zwei. Aber erstmal musste ich rausfinden, was hier vor sich ging.

Ich folgte Lotti in den Flur, wo ich Zeugin einer berührenden Wiedersehens-Zeremonie wurde. Ich räusperte mich, was aber in ambitioniertem Geknuddel und Geknutsche unterging.

„Hähäm", räusperte ich mich lauter. „Kann mir vielleicht mal jemand erklären, was hier los ist?"

Jetzt nahmen die beiden Notiz von mir. Süß, die hatten ja Tränen in den Augen vor Rührung!

„Ach ja, Danni. Darf ich vorstellen? Das ist meine alte Schulfreundin Herta Petersen. Wir sind zusammen auf die Inselschule gegangen und waren die allerbesten Freundinnen. Alles haben wir zusammen gemacht, wirklich alles. Damals, tja, ist lange her", verschämt wischte sie sich eine Träne aus dem Auge und fuhr fort:

„Heute wohnt Herta in Berlin bei ihrem Lebensgefährten. Sie hat sich vor 20 Jahren von ihrem Mann scheiden lassen, weil er ein Trinker war, und ist aufs Festland gegangen, um neu anzufangen. Das Hotel hat sie ihrem Sohn überschrieben, und ab ging die Post."

Alle meine müden Zellen arbeiteten auf Hochtouren, trotzdem wurde ich nicht schlau aus dem, was Lotti mir da erzählte.

„Ok", versuchte ich zu rekapitulieren. „Frau Petersen ist also eine alte Freundin und kommt dich besuchen. Und warum dann der falsche Name?"

Lachend machte Frau Petersen einen Schritt auf mich zu:

„Na, weil ich die Mutter bin von dem Petersen, der euch hier die Tour vermasseln will, Kindchen. Und weil vorher keiner wissen sollte, dass ich plane, auf die Insel zu kommen."

Langsam begann ich zu verstehen …

„Lotti hat mich angerufen und mich um Hilfe gebeten", fuhr die alte Dame fort, „da habe ich mich natürlich nicht lange bitten lassen. Ist ja schnell gemacht, der Zug fährt durch von Berlin nach Westerland. Und du nennst mich jetzt erstmal Herta, Kindchen. Schließlich haben wir eine Mission zu erfüllen". Sie zwinkerte mir aufmunternd zu.

„Und welche?", fragte ich, noch immer ein wenig schwer von Kapee.

Herta lachte und warf ihren Kopf in den Nacken wie eine Jugendliche:

„Na, meinen Sohnemann einzuorden, natürlich!"

Wir hatten uns lange unterhalten. Ich wusste nun eine ganze Menge mehr über unseren neuen Gast und freute mich inzwischen richtig auf die Zeit mit Herta.

Bei friesischem Tee hatten die Freundinnen mir von einer Seite an Hauke Petersen erzählt, die ich noch gar nicht an ihm hatte festmachen können: die des unterwürfigen Muttersöhnchens.

„Ja", amüsierte sich Lotti „ein gestandener Mann will er sein. Aber wenn Mutti was sagt, kuscht er!"

„Also wirklich!" Herta stieß ihrer Freundin sanft in die Rippen. „So redest du aber nicht über meinen Sohn." Jetzt fing sie auch an zu kichern „Auch nicht, wenn es wahr ist."

„Eigentlich ist er ein ganz lieber Junge", fuhr Herta fort und stellte nachdenklich ihre Tasse ab, „aber manchmal kommt der Egoismus durch. Das muss er von seinem Vater haben". Sie lachte, weil ihr eine Erinnerung kam:

„Ich weiß noch, wie er früher in der Schule seinen Mitschülern die Schokoriegel aus dem Ranzen geklaut hat, weil er es nicht ertragen konnte, dass jemand etwas Süßes mit in die Schule bekam und er nicht. Bis die Lehrerin dahinter kam. Da hat er erstmal ordentlich was hinter die Löffel bekommen von seinem Vater. Und ich habe ihm hinterher eine ganze Schatulle mit Süßem geschenkt, weil er mir so leid getan hat." Sie rührte einen weiteren Kandis in ihren Tee.

„Pädagogisch nicht sehr wertvoll, ich weiß. Wahrscheinlich habe ich ihm zu viel durchgehen lassen. Aber wenn er anfängt, meine liebe Lotti zu ärgern, dann hol ich eigenhändig den Kochlöffel wieder raus und versohl ihm so lange den Hintern, bis sein Mors nur noch Mus ist!" Erbost hatte Herta die Hand zu einer Faust geballt und fuchtelte damit wild in der Luft herum.

„Na, na, meine Beste", besänftigte Lotti ihre aufgebrachte Freundin. „Ich denke, es genügt, wenn du ein ernstes Wörtchen mit deinem Sprössling sprichst."

Sie legte unvermittelt ihre Hand auf meinen Arm: „Sonst müssen wir dieses nette Mädel hier nämlich bald mit einem Nervenzusammenbruch zur Kur nach Amrum schicken. Und ich muss in Rente gehen und eine dieser furchtbaren Busreisen nach Bad irgendwo unternehmen, um nicht vor Langeweile zu sterben."

Interessant zu hören, wie über mich und meinen Zustand gedacht wurde, nur weil man mal den einen oder anderen schwachen Moment hatte. Dabei war Burn-out doch die neue Mode, die heutzutage jeder einmal anprobieren durfte, ohne dabei gleich als „speziell" zu gelten.

Aber ich wunderte mich nicht, dass meine lieben Nordlichter für diesen Trend wie für „all den neumodischen Krams" nicht viel übrighatten. Bis die einer aus der Ruhe brachte, war bereits jedes „burn" wieder „out".

„Gut", erhob sich Herta entschlossen. „Dann statte ich jetzt mal meinem Jüngsten einen Besuch ab. Mal sehen, ob er von alleine mit der Wahrheit rausrückt, oder ob ich ihm erst mit Schwienschiet mit Dill drohen muss."

Mit offenem Mund sah ich zu, wie sie forschen Schrittes den Raum verließ. Scheinbar gab es eine landes-, bundes- oder sogar weltweite Mütter-Mafia, die mit kollektiven Maßnahmen ihre Kinder in die Knie zwang! Ich musste etwas tun! Die Bundeskanzlerin informieren, den Katastrophenschutz anrufen oder zumindest einen Enthüllungsroman à la „Schwienschiet mit Dill – die geheimen Machenschaften der erbarmungslosen Mütter-Mafia" schreiben!

Aber zuerst hatte ich mir vorgenommen, meine Nerven mittels Schnaps zu beruhigen. Soviel Zeit musste trotz meiner Verschwörungstheorie sein. Ein oder zwei Kurze lang würde die Rettung der Welt sicher noch Zeit haben.

Nachdem ich aufgehört hatte mitzuzählen, war ich bester Laune und bereit, Bäume auszureißen. Vorausschauend hatte ich es mir mit der Buddel in meinem Zimmer gemütlich gemacht. Frau Stöterau wäre sicherlich „not amused" gewesen, die Hotelleitung beschwipst anzutreffen. Obwohl ich mir wiederum sehr viel besser vorstellen konnte, der Alten betrunken zu begegnen als nüchtern.

Ich schnappte mir das Telefon und rief Moni an. Nach dem gefühlt 20sten Klingeln ging endlich jemand ran:

„Hallo, hie picht Nele. Wer is da an Teledon?", meldete sich die Kleine mit ihrem niedlichen Kleinkind-Akzent.

Hoppla, wenn ich mich jetzt nicht konzentrierte, würde ich wahrscheinlich kaum deutlicher klingen. Angestrengt setzte ich an.

„Hallo Nele, hier ist Tante Danni. Holst du bitte mal deine Mama ans Telefon?"

Tante Danni? Hatte ich mir nicht geschworen, niemals ein Kind Tante zu mir sagen zu lassen, nachdem ich in meiner Jugend so etwa jede Frau über 25 Tante zu nennen hatte? Der Alkohol machte schon lustige Sachen mit einem.

„De Mama is in Tüche. Duchen backen. Mit Treuseln und Tokolade", zeigte Nele eindrucksvoll, dass sie bereits in jungen Jahren über die Kommunikationsbereitschaft eines ausgewachsenen weiblichen Wesens verfügte. Allerdings war ich gerade nicht in der Stimmung für Kinderanimation. Deshalb sagte ich:

„Hm, das hört sich aber sehr lecker an. Holst du jetzt bitte trotzdem die Mama ans Telefon?"

Sie reagierte prompt und brachte mit einem „MAAAAAMAAAA", wie es ein Besucher des Wacken-Open-Airs nicht lauter hätte brüllen können, fast mein Trommelfell zum Platzen. Erschrocken riss ich den Hörer vom Ohr.

„Hallo? Hallo?", tönte es kurz darauf aus der Muschel.

„Moni? Bist du das?", schnell führte ich den Hörer zurück an seinen vorgesehenen Platz.

„Ja, wer denn sonst? Sag mal, bist du betrunken?"

Dass sie mich so schnell durchschauen würde, hätte ich nicht gedacht. Aber so oft, wie sie mich schon duhn erlebt hatte, war sie natürlich Expertin auf dem Gebiet.

„Bisschen", lallte ich leicht und hickste. „Lass uns ausgehen. So wie früher!", versuchte ich meine Freundin mit meiner guten Laune anzustecken.

Moni schien wenig begeistert:

„Ach, ich weiß nicht", wehrte sie meine Anfrage ab, „ich muss doch die Kinder ins Bett bringen, und morgen geht es wieder früh hoch".

Also hätte ich es nicht besser gewusst, würde ich denken, eine fremde Macht hätte Besitz von meiner besten Freundin ergriffen! Keine Bar, keine Disco, keine Party war damals in Lübeck vor uns sicher gewesen – kein Wochenende vergangen, ohne dass wir uns nicht gemeinsam die Nächte um die Ohren geschlagen hätten. Und das sollte davon übrig geblieben sein?

„Naaaa, möchte die Mutti es sich lieber auf dem Sofa vor ihrem Kamin gemütlich machen? Mit einem guten Wein und der neuen Freizeit Revue?", neckte ich Moni, sicher, dass sie darauf anspringen würde.

„Blöde Kuh", reagierte sie auch prompt. „Wenn du es wissen willst: Das wäre tatsächlich meine Vorstellung eines idealen Abends. Aber jetzt werde ich dir erstmal zeigen, wie man vernünftig feiert. Das konntest du ja schon früher nicht."

Triumphierend ballte ich die Hände zur Siegerfaust und jubelte laut los.

„Alles klärchen", fixierte ich die Verabredung, bevor es sich meine Freundin wieder anders überlegen konnte, „wohin geht man denn hier so, wenn man es krachen lassen will?"

Sie überlegte kurz, bevor sie mir ihr Abendprogramm präsentierte:

„Erstmal sollten wir eine Grundlage schaffen, so wie du dich anhörst. Schlage vor, wir treffen uns in 'ner Stunde beim Spanier in der Paulstraße. Da gibt es die besten Tapas, die du je gegessen hast. Und danach zappeln wir in der ‚Wunderbar' ab."

„Wunderbar", lachte ich, „so mokt wi dat! Dann bis gleich."

Ich legte auf und ging ins Badezimmer, um mich schick zu machen.

„Oh man", sagte ich zu meinem Spiegelbild, das mich unverwandt ansah und darauf wartete, mittels eines Eimers Farbe in die Version Danni 2.0 verwandelt zu werden, „jetzt fängst du schon an, Platt zu schnacken, wenn du knülle bist".

Der nächste Schritt würde wohl sein, auf Platt zu träumen.

Wenig später ließ ich mich, noch immer leicht angesäuselt, auf einem der rustikalen Stühle der kleinen Tapas-Bar nieder. In dem übersichtlichen Raum wuselte es wie in einem Ameisenhaufen. Ein Wunder, dass ich überhaupt einen Platz bekommen hatte.

Moni war noch nicht da, also hatte ich ein wenig Zeit, die Umgebung in Ruhe auf mich wirken zu lassen: An den wenigen hölzernen Tischen saßen Gäste der Kategorie „mittelschick" vor großen Weingläsern und vielen kleinen Tonschälchen mit verschiedensten Leckereien. Dazwischen bahnten sich zwei quirlige Kellner ihren engen Weg. Das gedimmte Licht wurde durch Kerzen auf allen Tischen unterstützt, und spanische Hintergrundmusik ergänzte die urige Stimmung.

Keine Frage, abgesehen von dem auf Sylt obligatorischen, leicht gehobenen Publikum, könnte diese Bar genauso gut irgendwo in Spanien stehen.

Ich dachte an den Urlaub auf Mallorca, den Moni und ich unternommen hatten, sobald wir volljährig waren. Damals fühlten wir uns wie die Königinnen der Welt – jung, frei und bereit, unbekanntes Terrain zu erobern.

Die Vorstellung, fremde Kulturen zu entdecken, zerschlug sich allerdings bereits am ersten Abend, als wir feststellten, dass der Ballermann nichts anderes war als eine der Beachparties in Lübecker Großraumdiskotheken, nur eben mit echter Sonne und Mittelmeer.

Anstatt in die Kulinarik der Insel einzutauchen, tauchte die Kulinarik der Insel in mich ein, als sich ein Junge Namens „Killercowboy" (sicher nur ein Künstlername für den Urlaub) überschwänglich in mein Dekolleté übergab. Gott sei Dank waren wir nicht nur jung, sondern auch flexibel, so dass wir die restlichen sieben Tage ebenfalls mehr oder weniger benebelt, umgeben von Sangría in Eimern, grölenden Primaten mit „Nichts-reimt-sich-auf-Uschy-Shirts" und Ballermannmucke verbrachten.

„Na, was träumst du?" Schwungvoll ließ sich Moni auf dem Stuhl mir gegenüber nieder und beugte sich fürs Begrüßungsküsschen zu mir rüber.

„Stürmisch, wie früher", begrüßte ich meine alte beste Freundin. „Ich musste gerade an unseren Urlaub auf Malle denken."

Moni lachte laut auf:

„Ja, richtig. Wie hieß noch der Typ, der dir in die Bluse gekotzt hat? Teufelstiger?"

„Killercowboy", presste ich zwischen verschlossenen Lippen hervor und versuchte, nicht weiter an diesen peinlichen Moment in meiner Vita zu denken.

Moni schien der Gedanke hingegen überhaupt nicht zu stören. Im Gegenteil – sie kriegte sich kaum wieder ein. Echt fies.

Ha! Da fiel mir ja glatt auch eine nette Geschichte ein: „Lach du nur! Aber vorher musst du mir unbedingt noch mal erzählen, wie dein damaliger Urlaubsflirt hieß. Der, der dich am Strand darauf aufmerksam machte, dass dir dein OB-Bändchen aus dem Slip hing."

Treffer versenkt, Moni lief im Nu knallrot an. Jeder hatte wohl in seinem Leben ein bis zwei Peinlichkeiten erlebt, die sich in die Hirnrinde einbrannten und dort bis zu unserem Ende geschrieben standen.

„Miststück", sagte sie beleidigt und warf mit einer Serviette nach mir. „Tommy hieß er. Und ich sag dir: Wäre das damals nicht passiert, würden er und ich sicher heute noch verliebt auf einer Insel sitzen und Sonnenuntergänge zählen."

„Aber sieh mal", konnte ich es nicht lassen, sie weiter zu necken, „ohne dieses kleine grüne Bändchen hättest du niemals deinen Thies kennengelernt und wärst heute nicht die nordfriesische Landpomeranze, die du bist".

„Vorsicht, Liebste", fing Moni, langsam wieder zu Kräften gekommen, an zu kontern, „nicht mehr lange und du wirst genau so eine nordfriesische Landpomeranze sein wie ich. Die Insel verändert jeden, da kann man sich gar nicht gegen wehren. Und das Schlimme ist, dass es sich auch noch besser anfühlt, als alles, was man vorher mal für gut befunden hat."

„Also wirklich Moni, meinst du nicht, dass du da ein bisschen übertreibst?", gab ich mich skeptisch. „Du redest, als wenn die Inselluft Chromosomen umprogrammieren könnte …"

Moni sah mich nachdenklich an:

„Weißt du, Danni, als ich hierher kam und mein Mann mir sagte, dass mich Sylt erden würde, hab ich das Ganze auch als Spinnerei abgetan. Aber mit der Zeit wächst hier etwas in dir, das dann irgendwann einfach zu dir gehört. Wirst schon sehen", sie winkte nach dem Kellner, „aber jetzt blasen wir uns erstmal die Köppe frei. Der Honigrum hier ist der Knaller".

Sie hatte recht. Der Honigrum war der Knaller und sorgte für eine ausgelassene Stimmung, der wir später in der benachbarten „Wunderbar" auf der Tanzfläche Ausdruck verliehen.

Gerade zappelten wir zu „Ich liebe dich" von „Clowns und Helden" so richtig ab, als ich von hinten einen unfreiwilligen Bierschauer abbekam. Erbost drehte ich mich um und … und schaute in ein mir bekanntes Gesicht.

Mein „Retter", der mich gestern vor dem tosenden Meer bewahrt hatte, nur um mir heute eine Dusche anderer Art zu verpassen, starrte mich verdutzt an. Dann änderten sich seine Gesichtszüge und ein Strahlen verriet mir, dass er sich durchaus eine unangenehmere Überraschung hätte vorstellen können:

„Tja, damit ist meine Heldentat von gestern wohl passé", sagte er mit gespielt-zerknirschter Miene.

„Jep, damit stehe ich eindeutig nicht mehr in deiner Schuld ...", ich sah ihn fragend an, um seinen Namen zu erfahren.

„Chris", schnell streckte er mir seine Hand entgegen. „Mein Name ist Chris. Chris Ingwers."

In diesem Moment drehte sich Moni alarmiert zu uns um:

„Hey, Chris. Du auch hier, ja?" Sie umarmte ihn und freute sich augenscheinlich, ihn zu sehen. „Kennt ihr euch?", setzte sie fragend nach.

Chris und ich schauten uns achselzuckend an und sagten wie aus einem Mund:

„Das kann man so oder so sehen." Wir lachten über unser synchrones Verhalten.

„Ah ja", antwortete meine Freundin verwirrt, „soll heißen?"

„Wir haben uns gestern zufällig am Strand getroffen", erklärte ich ihr. „Aber woher kennst du denn Chris?"

„Das hier", sprach sie theatralisch und legte dabei einen Arm um meine Strandbekanntschaft, „ist der aller-, aller-, allerbeste Freund von meinem Mann. Der Mann, mit dem ich Thies seit unserem Kennenlernen teilen muss."

Sylt war doch echt ein Dorf. Fand ich das jetzt gut? Mist, hätte ich doch einen Honigwein weniger getrunken. Dann hätte ich jetzt sicher noch den einen oder anderen klaren Gedanken fassen können. Jetzt musste ich wohl erstmal damit leben, dass alles so

war, wie es eben war. Ganz nach dem Kölner Leit-
spruch „et kütt, wie et kütt" eben.

„Und ich bin Monis aller-, aller-, allerbeste Freundin
Danni. Schön dich kennenzulernen, bester Freund
von Thies, Retter aller dem Meer ausgelieferten
Strandspaziergängerinnen und Bierduschen-Verpas-
ser", äffte ich Monis theatralische Art nach und ver-
beugte mich schwungvoll vor meinem Gegenüber.
Leider stieß ich dabei wenig elegant mit meinem
Haupt gegen seine Bierflasche, die mittlerweile zwar
leer war, aber dadurch nicht weniger hart.

„Autsch!" Ich rieb mir schmerzlindernd den Kopf.
Das würde morgen eine schöne Beule geben. Mal abgesehen von der Erinnerung an einen neuen Moment
auf der Liste der nie verblassen wollenden Peinlichkeiten.

Chris lächelte mich liebevoll an: „Scheint, als wären
wir das perfekte Chaos-Team."

„Scheint so", erwiderte ich, gebannt von seiner unwiderstehlichen Art und trotzdem unsicher, wie viel
Chaos genau ich wohl in meinem Leben noch würde
vertragen können.

Gegen zwei Uhr nachts hatten wir uns ausgepowert
und beschlossen, den Abend am Strand ausklingen zu
lassen.

Moni kannte eine der Bedienungen (hatte ich schon
erwähnt, dass die Insel ein Dorf war?), und so konnten wir eine Flasche Sekt und zwei Becher mit raus-
schleusen, die wir im Anschluss leeren wollten.

Über die nur noch wenig belebte Fußgängerzone erreichten wir die Promenade und ließen uns in einem der offenen Strandkörbe nieder, die selbst im Winter für Passanten bereit standen.

Herrlich war es hier. Wir kuschelten uns aneinander, legten unsere vom Tanzen schmerzenden Füße hoch und schauten eine Weile wie hypnotisiert auf das dunkle Meer.

Dann öffnete Moni mit einem lauten „Plopp" die Flasche und schenkte uns großzügig ein.

„Prost, Süße, auf die Freundschaft!", stieß sie mit mir an. „Und jetzt erzähl mal. Was läuft da zwischen dir und Chris?"

Ja, neugierig war sie schon immer gewesen. Ich überlegte, sie ein wenig zappeln zu lassen. Dafür hätte ich das Erlebte aber zurückhalten müssen, was nun so gar nicht meiner Natur entsprach.

Also erzählte ich ihr von der Begegnung mit Chris am Strand und dem überraschenden Wiedersehen in der „Wunderbar". Und ich berichtete ihr von Jans Überfall in der „DünenZeit", inklusive seiner unverhofften Liebeserklärung.

„Ich bin total verwirrt. Erst schießt mich der Kerl in die Wüste, und jetzt macht er mir den Hof", schloss ich und nahm einen kräftigen Schluck aus meinem Glas.

Moni tat es mir gleich und dachte kurz nach:

„Also, Danni, ganz ehrlich. Wenn du auch nur kurz darüber nachdenkst, Jan zurückzunehmen, erklär ich dich für bescheuert. Ich mochte damals nichts sagen, ich kannte Jan ja praktisch gar nicht, aber leiden konnte ich ihn nie. Ständig musste alles genau so laufen, wie er sich das vorstellte. Weißt du noch, wie du mich eigentlich zu meinem Geburtstag besuchen wolltest, dann aber mit diesem Hirni ins Stadion gefahren bist, weil ihm das wichtiger war? Dabei hast du dich doch nie für Fußball interessiert! Du warst gar nicht mehr du selbst in eurer Beziehung, und so was ist nie gut. Naja und jetzt rennt er dir wieder hinterher, weil sein männlicher Stolz es nicht verträgt, dass du dir ohne ihn etwas Eigenes aufbaust. Danni, das ist kein Zeichen von Liebe, sondern von reiner Eitelkeit."

Ui, diese Standpauke hatte ich wohl verdient. Ich wusste ja selber, dass ich Moni manchmal ganz schön vor den Kopf gestoßen hatte. Aber verliebt, wie ich war, ging mir Jan seinerzeit vor. Verdammt, wie blöd man sein konnte, wenn die Hormone verrückt spielten.

„Es tut mir echt leid, Moni", murmelte ich und beobachtete verschämt die aufsteigenden Blubberbläschen in meinem Sektglas.

„Ach, längst vergessen", sagte meine Freundin und nahm meine Hand. „Aber ich guck mir nicht noch einmal an, wie dich jemand fremdbestimmt. Dafür bist du nämlich viel zu wertvoll."

Wir nahmen uns in die Arme und drückten uns so fest, dass ganz bestimmt nie wieder ein Mann würde zwischen uns stehen können.

Am nächsten Tag war die Zeit wie gewohnt meinem Biorhythmus einen Schritt voraus. Trotzdem hieß es aufstehen, immerhin hatte ich ein Hotel zu leiten.

Tschakka!

Zu meiner Zufriedenheit wurde der Frühstücksraum heute zumindest von einer knappen Handvoll Gäste belebt, was ja im Vergleich zu den Vortagen durchaus als Erfolg gewertet werden konnte.

Lotti wuselte bereits mit einer Kaffeekanne bewaffnet herum und kümmerte sich um das leibliche Wohl.

„Moin, moin!", grüßte ich in die Runde, bevor ich zu einem Smalltalk mit Herrn und Frau Stöterau ansetzte.

„Guten Morgen, haben Sie gut geschlafen?", fragte ich in der Hoffnung darauf, dass die Dame heute friedlicher wäre, als ich sie gestern erleben durfte.

„Danke, wir haben gut geschlafen", kam sie meinen Erwartungen netterweise entgegen, um dann aber sofort nachzusetzen: „auch wenn das angesichts der unnötig hohen Kissen ein Wunder war. Aber die Seeluft hat wohl ihr Nötiges getan."

Ich beschloss, die negative Kritik zu überhören und mittels einem „dann wünsche ich Ihnen noch einen guten Appetit und einen schönen Tag" die Flucht einzuleiten.

Herta, die in diesem Moment mit einem gut gefüllten Teller vom Buffet zurückkehrte, nahm sich weniger zurück:

„Na, wenn das Ihre Laune ist, wenn Sie gut geschlafen haben, möchte ich Ihnen aber nicht begegnen, wenn die Nacht nicht Ihren Vorstellungen entsprochen hat", kommentierte sie Frau Stöteraus Verhalten in gewohnt direkter Art und Weise.

Dann zwinkerte sie Karl-Heinz neckisch zu und setzte sich wieder an ihren Tisch, wo sie in aller Ruhe ihr Brötchen aufschnitt und es mit reichlich Butter und Marmelade bestrich.

Frau Stöterau hatte unterdessen Schnappatmung bekommen und blaffte ihren Mann entsetzt an: „Jetzt tu doch was, Karl-Heinz. Hast du denn nicht gehört, was diese schreckliche Frau zu mir gesagt hat?"

Woraufhin Karl-Heinz, der seine Belustigung kaum verstecken konnte, sich zu Herta umdrehte, zurückzwinkerte und erwiderte: „Da haben Sie recht, meine Gute, das wollen Sie wirklich nicht erleben."

Ungläubig wechselte ich einen schnellen Blick mit der ebenso baffen Lotti, der bei dem Kommentar unseres Gastes fast ihre porzellanene Kanne aus den Händen gefallen wäre, und konnte mich gerade noch in die Küche retten, um nicht an Ort und Stelle laut loszubrüllen.

Stine war gerade dabei, die Wurstplatte aufzufüllen, und guckte mich verwundert an:

„Moin. Was'n los da draußen?"

„Ach nichts", antwortete ich. „Herta weist nur gerade Frau Stöterau in ihre Schranken."

„Ist nicht wahr", witterte Stine die Gelegenheit auf Sensation und verschwand mit einem „jetzt muss die Wurstplatte aber raus" in die erhoffte Frauenkampf-Arena. Ich stand ihr da natürlich in nichts nach und folgte ihr in den Speisesaal.

Hier schien inzwischen Ruhe eingekehrt zu sein. Zwar würdigte Frau Stöterau ihren Mann keines (biestigen) Blickes mehr, dieser schien sich jedoch über die Ruhe zu freuen und las zufrieden in seiner Tageszeitung.

Stine schien ein wenig enttäuscht, hatte sie sich doch schon Szenarien wie etwa eine Buffetschlacht ausgemalt und trottete mit hängenden Schultern zurück in die Küche. Ich hingegen war ganz froh, dass sich der Konflikt nicht weiter aufgeschaukelt hatte und alle sich wieder auf ein besinnliches Frühstück konzentrieren konnten.

Ich ging hinüber zu Jan, der mich schon sehnsüchtig erwartete.

„Guten Morgen, Sugar", begrüßte er mich strahlend.

„Ihr wisst eure Gäste hier aber zu unterhalten, was?", sagte er ein wenig lauter, als mir lieb war. Schließlich wusste man doch, dass Drachen, wie wir sie inzwischen in doppelter Ausführung im Haus beherbergten, sehr gute Ohren und noch schärfere Zähne hatten.

„Pssst", wies ich ihn zurecht, „Feind hört mit! Und nein, das gehört nicht zu unserem Animationsprogramm, auch wenn du das gerne hättest."

Ich musste nun doch lächeln und vergaß beinahe, dass ich mir noch vor wenigen Stunden vorgenommen hatte, Jans Charme gekonnt an mir abprallen zu lassen.

„Ich freu mich schon auf unseren Abend heute", setzte er seine Offensive auch sogleich fort und versuchte, meine Hand zu greifen, welche ich ihm aber milde lächelnd entzog:

„Aber glaub nicht, dass es irgendwas zu sagen hat, dass ich heute mit dir ausgehe. Sieh es einfach als einen netten Abend unter guten Freunden an", bemühte ich mich, die Situation zu entschärfen.

„Gute Freunde, die früher einmal grandiosen Sex miteinander hatten?", fragte er und sah mich anzüglich an.

Tja, in Deeskalation war ich schon immer eine Niete gewesen. Besser, ich gab gleich auf und suchte schnellstens das Weite.

„Äh, ja, von mir aus auch gute Freunde, die früher einmal grandiosen Sex miteinander hatten, heute aber nur noch gute Freunde sind."

Mit einem strengen Blick betonte ich die Ernsthaftigkeit meiner Worte und verdrückte mich zu Herta, bevor mich mein Ex noch weiter in Verlegenheit bringen konnte.

„Herta, du bist mir schon eine", begrüßte ich sie mit einem Küsschen, wie man auch eine gute Freundin begrüßen würde.

Verschmitzt sah sie mich an:

„Der arme Kerl. Stell dir mal vor, du müsstest dein Leben mit so einer vergrämten Hexe teilen."

„Will ich mir gar nicht vorstellen. Augen auf bei der Partnerwahl sag ich immer", sprach ich und wurde mir schon während meiner Worte darüber bewusst, dass ich nun wirklich die letzte war, die sich damit brüsten konnte, ein gutes Händchen in Sachen Männer zu haben. Schnell lenkte ich vom Thema ab:

„Hast du denn gestern was erreichen können bei deinem Sohn?", brannte es mir unter den Nägeln.

Herta kicherte:

„Na, der hat sich erstmal ordentlich erschrocken, dass ich unangemeldet vor der Tür stand. Und dann war er sauer, als ich ihm erzählt habe, wo ich wohne. Das hat für gestern erstmal gelangt, wollen den Armen ja nicht überfordern. Aber den nehme ich mir schon noch zur Brust, keine Sorge. Und so lange ich bei euch wohne, wird er auch nichts anstellen. Der weiß, dass seine Mutter einen Riecher dafür hat, wenn er Schabernack treibt."

Das leuchtete ein. Dann würden wir wohl tatsächlich erstmal Ruhe haben und uns auf unser Geschäft konzentrieren können. Erleichtert sah ich Herta an:

„Und, was hast du heute Schönes vor?"

„Nun", begann sie, mit dem bittenden Blick eines kleinen Kindes, das gerne einmal Karussell fahren würde, „nähmst du es mir sehr übel, wenn ich dir Lotti heute entführen würde? Wir alten Mädchen wollen gerne die Strandsauna besuchen und unsere alten Knochen verwöhnen."

Na, wenn es nur das war. Den Besucherstrom würden wir wohl gerade noch mit der restlichen Besatzung wuppen können.

„Gar kein Problem. Aber nur, wenn ihr mir versprecht, absolut erholt zurückzukommen."

„Ay ay, sir", bestätigte das selbsternannte alte Mädchen meinen Befehl und ich ging hinaus, um Knut zu suchen.

Seit meiner Ankunft hatte der Garten bunt zu blühen begonnen. Schien, als hätten wir die kalte Jahreszeit endlich überwunden.

Schon in wenigen Wochen würden dann auch die Gäste draußen in der Morgensonne frühstücken können. Platz war genug vorhanden, und die benötigten Rattan-Möbel, die zusätzlich zu den Strandkörben aufgestellt werden sollten, waren schon bestellt.

Der Duft von frischen Croissants und Milchkaffee mit Schaumkrone stieg mir in die Nase, und vor meinem inneren Auge sah ich unsere Gäste inmitten der von Knut angelegten Gräser- und Blumenlandschaft den noch jungen Tag genießen.

„Knut!", rief ich, „wo bist du?"

„Ich bin hiiieerrr", schallte es aus der Gartenhütte mit Treibhaus im hinteren Bereich des Grundstückes zurück. Dort verbrachte Knut viel Zeit mit der Aufzucht seiner Pflanzen und mit verschiedensten Reparaturarbeiten.

Ich erwischte ihn dabei, wie er liebevoll den Kopf einer kleinen Topfrose mit einem Stöckchen stützte. Die Blüte hatte eine wundervolle Farbe, eine Mischung aus Creme und Orange, wie ich sie noch nie gesehen hatte.

„Moin, Knut. Ich wollte mal schauen, was du so machst."

Widerwillig löste er sich aus seiner Konzentration und drehte sich mit der Pflanze in der Hand zu mir.

„Schau mal, Danni, die habe ich für Lotti gezüchtet. Meinst du, sie wird ihr gefallen?", fragte er mich hoffnungsvoll.

Ich betrachtete die zerbrechliche, aber wunderschöne Rose. Wie viel Mühe er sich damit gegeben haben musste, diese Farbnuance zu kreieren.

„Sie ist wunderschön, Knut. Ich bin mir ganz sicher, dass Lotti sie lieben wird", sagte ich und meinte es auch so.

Wir betrachteten eine Weile still die Pflanze.

„Du magst sie sehr, hm?", stellte ich behutsam die Frage, die mich schon lange beschäftigte.

Verlegen nestelte Knut an einem Blatt herum, das einige bräunliche Flecken aufwies.

„Das habe ich immer getan. Mein ganzes Leben lang", sprach er endlich aus, was er fühlte.

Ich war unendlich gerührt. Gab es sie also doch noch, die wahre und einzige Liebe. Die Liebe, die nicht nur einen Lebensabschnitt, sondern gleich ein ganzes Dasein überdauerte.

Da stand er nun: Knut, ein ganzer Kerl und unter seinem Flanellhemd doch so klein und zerbrechlich. Ich musste ihn einfach umarmen.

„Warum hast du Lotti denn nie gesagt, was du für sie empfindest?", versuchte ich zu verstehen, warum seine Liebe so lange ein Dasein im Verborgenen fristen musste. Er löste sich von mir und begann wieder, an der Rose rumzutüteln.

„Ich hätte es nicht verkraftet, sie zu verlieren", war das Einzige, was er dazu zu sagen hatte. Und ich verstand genau, was er meinte.

Pünktlich um sechs wartete ich in meinem blauen Lieblings-Blazer und passendem Halstuch vor der Haustür der „DünenZeit" darauf, dass Jan mich zum Essen abholte.

Das Schicksal von Knut war mir den ganzen Nachmittag nicht aus dem Kopf gegangen. Schon witzig, mit welchen banalen Problemen man sich tagtäglich rumschlug.

Da zerbrach ich mir doch wirklich den Kopf darüber, ob ich meinen Ex-Freund wieder würde lieben wollen und können. Dabei waren es nicht wir, die wir die Liebe suchen mussten! Die Liebe würde uns schon finden, wenn es so weit wäre, und dann auch lauthals Gehör einfordern – das hatte mich Knuts Lebensgeschichte gelehrt.

Es polterte auf der Treppe und schon stand mein Ex-Freund vor mir – rausgeputzt, als wären wir als Ehrengäste zum Wiener Opernball geladen.

„Schwarzer Anzug? Hast du heute noch mehr mit mir vor?", fragte ich ihn und musterte ihn anerkennend von unten bis oben.

„Lass dich überraschen, my love", antwortete er wenig aufschlussreich und bot mir seinen Arm zum Unterhaken an. Ich bekam ein bisschen Angst. Ich kannte Jan und seine fixen Ideen und konnte nur hoffen, dass er heute Abend nicht übers Ziel hinausschießen würde, wie es für ihn typisch war.

Bis zur „Alten Friesenstube" fuhren wir nur wenige Minuten. Galant sprang Jan aus dem Wagen und öffnete mir die Beifahrertür.

„My Lady", machte er einen Diener, um mir aus dem Wagen zu helfen. Ich war, zugegebenermaßen, reichlich verwirrt. Kannte ich diesen Kerl im Pinguin-Outfit, oder musste ich davon ausgehen, dass ein macho-mordender Killervirus eine wesens-verändernde Metamorphose bei meinem Exfreund eingeleitet hatte?

Gemeinsam folgten wir dem Weg vom Parkplatz des Restaurant zur friesisch-blauen und mit verzierten Läden gerahmten Eingangstür. Ich blieb kurz stehen und betrachtete das alte Gebäude mit seinem grünlich angelaufenen Reetdach melancholisch.

Hier hatte ich damals, während unseres Urlaubs, mit meinen Eltern zu Abend gegessen. Ich wusste noch genau, wie euphorisch mein Vater seinerzeit von der Historie des Gebäudes als ältestem Haus Westerlands geschwärmt hatte.

Für mich war das nur „Bla Bla" und wenig kompatibel mit meinen damals aktuellen Interessen gewesen. Hätte er mir Westerlands neuesten In-Schuppen gezeigt – das hätte mich interessiert. Details über frühere Nutzungskonzepte der Kate oder Vorträge über die Inneneinrichtung anno dazumal kamen hingegen weniger gut an.

Heute verstand ich genau, was meinen Vater so fasziniert hatte:

Durch die kleine, zweiflüglige Haustür betraten wir das Innere des Gasthauses. Kleine Räume mit niedrigen, von Balken durchzogenen Decken und blau-weiß gekachelten Wänden in friesischem Muster nahmen einen sofort mit in längst vergangene Zeiten.

Eine in alter Tracht gekleidete Bedienung führte uns in den hintersten Raum, in dem ein weißer Kachelofen Wärme spendete. Wir setzten uns an einen Ecktisch, ich wählte die hölzerne Lümmelbank, Jan den Stuhl mir gegenüber.

Zwischen uns wurde eine lange Kerze entzündet, und schon saßen wir da wie die Hauptdarsteller einer Rosamunde-Pilcher-Verfilmung.

Was hatte ich mir nur dabei gedacht, diese Kulisse für unser Treffen zu wählen? Ein Fischbrötchen bei Gosch in der Friedrichstraße hätte es doch sicher auch getan und wäre weit weniger heikel gewesen.

Wie ich's geahnt hatte, schwappte die emotionsgeladene Stimmung auch just in diesem Moment auf Jan über, der meine Hand ergriff und nervös daran rumgniddelte.

„Danni", begann er, wurde aber von der Bedienung unterbrochen, die uns die in Leder gebundenen Speisekarten brachte. Gott, war ich dankbar für diese Störung.

Wir bestellten eine Flasche Wein und waren wohl beide froh, der beunruhigenden Wirklichkeit schon bald ein wenig entfliehen zu können.

„Guck mal, Jan, die Karte ist komplett auf Plattdeutsch verfasst. Was bedeutet denn eigentlich ,Aant'", versuchte ich das Gespräch in ruhigeres Fahrwasser zu lenken, stieß damit aber offensichtlich nicht auf Gegenliebe.

„Keine Ahnung", stammelte Jan und wirkte zunehmend nervös. „Danni, jetzt lass doch mal die olle Karte, ich hab dir was Wichtiges zu sagen."

Achso? Langsam und gespannt klappte ich die Mappe zu, legte sie zur Seite und wartete mit Unbehagen auf das, was Jan zu sagen hatte.

Dieser schien sich gerade auf seine Mitte zu konzentrieren, denn er hatte die Augen geschlossen und atmete dreimal tief ein und aus. Dann war er wohl bereit für was auch immer, denn er öffnete urplötzlich seine Lider, so dass ich ordentlich erschrak.

Mit einer hölzernen Bewegung glitt er anschließend von seinem Stuhl herab, um im nächsten Moment vor mir auf die Knie zu gehen.

Eigentlich wäre die Situation urkomisch gewesen – immerhin war der Platz zwischen den Tischen höchstens 30 Zentimeter breit und Jan klemmte dort wie ein D-Körbchen-Busen in einem A-Körbchen-BH. Trotzdem war mir alles andere als zum Lachen zumute. Was bitte tat der Kerl denn da?

„Nein", betete ich zu allen mir bekannten Göttern, „lass es nicht das sein, wonach es aussieht".

Aus weiter Ferne konnte ich noch ein schallendes Gelächter der eben Beknieten vernehmen (Schadenfreude schien nicht ausschließlich ein irdisches Laster zu sein), als auch schon die mit tiefster Furcht erwarteten Worte an mich herangetragen wurden.

„Danni, mein Schatz. Du bist die Frau meines Lebens. Ich bin der Mann deines Lebens. Darum frage ich dich heute: Möchtest du mich heiraten?"

Die Gäste an den Tischen um uns herum waren während des Antrages verstummt, so dass man eine Serviette hätte fallen hören können.

Mir war klar, worauf jetzt alle warteten: das himmelhochjauchzende „ja" der zukünftigen Braut. Schade nur, dass diese Vorstellung für die Zuschauer nicht in dem Happy End münden würde, das sie aus Formaten wie der „Traumhochzeit" gewohnt waren. Ganz sicher würden nicht gleich weiße Tauben aufsteigen oder der Herzblatt-Hubschrauber Kurs auf den Honeymoon im Odenwald nehmen.

Ich überlegte noch, wie ich die Situation am Besten zu einem Abschluss bringen oder wahlweise im Boden versinken konnte, da ergriff Jan erneute das Wort.

„Danni-Hase, was ist denn? Also wenn du Angst hast, nicht gut genug für mich zu sein – das ist kein Problem. Hauptsache, wir lieben uns."

Sollte ich bis eben noch einen Funken Mitleid mit dem am Boden kauernden Möchtegern-Pinguin gehabt haben, so löste sich dieses im Nu wieder auf.

Klar, was da in diesem schicken Anzug steckte, versteckt hinter einer ungewohnten Höflichkeit, war schließlich immer noch Jan. Der Exfreund, der mich auf mieseste Art hintergangen hatte und das zu allem Überfluss auch noch mit einer Frau, die zwar die Farbnuancen aller Fingernagellacke aus der neuesten Kollektion von L'Oréal kannte, aber nicht wusste, wo Frankreich lag, geschweige denn, wie dessen Präsident hieß.

Ich nahm mir die Zeit, ein süffisantes Lächeln aufzusetzen und dieses in aller Ruhe auf Jan wirken zu lassen.

1000-mal hatte ich mir während unserer Beziehung vorgestellt, wie es wäre, wenn Jan um meine Hand anhalten würde. Später dann, als sich unsere Wege trennten und auf die Phase des Nicht-Wahrhaben-Wollens die Wut folgte, malte ich mir wieder und wieder aus, wie ich das Arschloch, das mich verlassen hatte, abblitzen lassen würde, sollte es winselnd zu mir zurückkehren wollen. Eigentlich war ich also bestens vorbereitet – nur hatte ich nicht geglaubt, dass beide Situationen in Kombination eintreten würden.

Trotzdem wusste ich in diesem Moment ganz genau, was ich zu tun hatte, wollte ich der neuen, selbstbewussten Danni gerecht werden:

„Nicht einmal, wenn du der letzte Mann auf Erden wärst, würde ich deine Frau werden wollen", sprach ich deutlich und beobachtete wohlwollend, wie Jan, der große Macker und selbsternannte Frauenheld, in sich zusammensackte wie ein Käsekuchen beim Abkühlen.

„Dieses Geschenk ist für dich, ganz allein für dich", sagte ich im Gedanken zu mir selbst und fügte noch hinzu: „Ich bin stolz auf dich, Danni".

Dann nahm ich mit feierlicher Miene den Wein der Kellnerin entgegen und prostete dem inzwischen wieder sitzenden Jan zu:

„Skål, mein Bester! Darauf, dass unsere Vergangenheit Vergangenheit ist!"

Ich konnte es Jan wirklich nicht verdenken, dass er sich nach unserem missglückten Rendevouz gleich am nächsten Morgen ins Auto setzte und der Insel und damit auch mir den Rücken kehrte.

Kein Mann dieser Welt hätte eine solche Schlappe einfach so weggesteckt. Bei Jan kam erschwerend hinzu, dass sein Ego Körbe schlichtweg nicht gewohnt war.

Ohne sich bei mir zu verabschieden, checkte er still und leise bei Okka aus und fuhr dann mit quietschenden Reifen vom Hof. Mir blieben nur noch ein kurzer Blick auf seine Rücklichter und die Erinnerung an eine der absurdesten Geschichten meines Lebens.

Natürlich hatte ich gleich nach dem Restaurantbesuch – der im Übrigen genauso abrupt geendet hatte, wie Jans Aufenthalt auf Sylt – Moni angerufen und ihr von dem liebestollen Auftritt des Möchtegern-Casanovas erzählt.

Nachdem sie sich fünf Minuten gar nicht wieder eingekriegt und sich danach erkundigt hatte, ob jemand die Szene vielleicht zufällig mit der Videokamera eingefangen hätte – sie würde dafür ihr Leben geben – entschied sie kurz und knapp, dass wir das Thema Jan nun endgültig zu den Akten legen konnten.

Die Belegung unseres kleinen Hotels hatte sich damit rapide um 25 Prozent reduziert, was bei vier Gästen schnell erreicht war. Der wöchentliche Status-Bericht an Herrn Grotelüschen war folglich geprägt von mannigfaltigen Erklärungsversuchen meinerseits und subtilen „Nu-streng-dich-mal-an-sonst-bist-du-die-längste-Zeit-Hoteldirektorin-gewesen-Botschaften" seinerseits. Morgen hieß es aber endlich aufatmen. Mit Beginn der Osterferien, die dieses Jahr reichlich spät begannen und damit schönstes Frühlingswetter versprachen, kamen auch die Gäste.

Mit der Familie Stöterau und Herta, die ebenfalls vorhatten, bis zum Ende der Ferien zu bleiben, würden dann acht Zimmer vermietet sein und vielleicht würde auch noch die ein oder andere kurzfristige Buchung hereinflattern.

Zwar blieben einige unserer Besucher nur eine Woche, dafür würden kurz darauf neue Gäste folgen. So war das nun mal heute – der Trend ging zu kürzeren Urlauben, dem hatte man sich, ob man wollte oder nicht, anzupassen.

Akribisch ging ich an meinem Schreibtisch die Sonderwünsche unserer Neuankömmlinge durch. Ein zweites Kissen? Kein Problem. Nichtraucherzimmer? Standard, bei uns im Haus hieß es sowieso „geschmökt wird draußen", abends eine Kanne heißes Wasser aufs Zimmer? Wird gemacht! Maggi-Würze fürs Frühstücksei? Igitt, na ja, wem's schmeckt …

Als ich gerade zum Hörer greifen und Lotti in der Küche mit den Gewohnheiten unseres vermeintlichen Feinschmeckers vertraut machen wollte, steckte Herta ihren Kopf durch die Tür.

„Hallo Danni!", begrüßte sie mich mit gewohnt guter Laune. „Hier ist jemand, der dir etwas sagen möchte." Sie schaute kurz hinter sich, zischte etwas, wie „nu mach schon, Jung", und schob dann ihren immerhin 44-jährigen Sohn wie einen kleinen Bengel, der beim Klauen erwischt worden war und nun zu beichten hatte, in den Raum.

„Hähähähäm", räusperte sich Petersen. Ihm war die Situation sichtlich unangenehm.

Mir nicht. Entspannt lehnte ich mich in meinem Bürostuhl zurück und genoss den Anblick, der sich mir bot.

„Ach, der Herr Petersen. Was kann ich denn für Sie tun, außer die Zielscheibe für Ihre Intrigen zu mimen?", fragte ich ihn provozierend und beobachtete, leise in mich hinein lächelnd, wie er einen Konter unter dem strafenden Blick seiner Mami wieder herunterschluckte.

„Nun, äh, ja …", stammelte er inhaltslos weiter.

„Jaaaaa?", versuchte ich ihn zu einer Äußerung zu motivieren.

„Frau Fischer", brachte er schließlich den Anfang eines Satzes zustande, „wie es aussieht, gibt es da Missverständnisse zwischen uns, die ich gerne aus dem Weg räumen würde". Unbehaglich schielte er hinüber zu seiner Mutter, die unser Gespräch genauesten verfolgte.

„So so", entgegnete ich, „und was sind das bitte für, wie Sie es nennen, Missverständnisse?"

„Nun ja", wand er sich weiter unter den Blicken von Herta, „es soll da ja das eine oder andere Gerücht geben".

„Ach, meinen Sie das Gerücht, dass Sie die ‚Dünen-Zeit' mit ihren fiesen Machenschaften um die Existenz bringen wollen?" Jetzt sah ich meinen Widersacher durchdringend an. Sollte er sich doch endlich zu seinen Spielchen bekennen!

„Zugegeben. Ich war wohl nicht immer ganz fair zu Ihnen", knickte er endlich ein und zuckte entschuldigend mit den Schultern.

„Und, was wolltest du Frau Fischer noch fragen?",
mischte sich Herta von der Tür aus in das Gespräch ein.
Petersen stöhnte theatralisch auf, sah aber wohl ein,
dass Widerworte bei seiner Mutter vergebens waren:
„Gut, bitte", ergab er sich zähneknirschend und fuhr
mit bockigem Unterton fort:
„Es wäre mir eine Freude, wenn Sie mittwochs an un-
serem Hoteliers-Stammtisch teilnehmen würden.
Schließlich gehören Sie doch jetzt dazu."
Innerlich jubelte ich über den kolossalen Triumph,
ließ es mir aber nach außen nicht anmerken. Was war
Herta doch für ein Goldstück. Im Kampf für die Ge-
rechtigkeit trat sie sogar ins Duell mit ihrem eigen
Fleisch und Blut. Dafür würde ich sie nachher einmal
ganz, ganz fest knuddeln.
„Ich werde es mir überlegen", reichte ich Petersen
statt der gewünschten Hand den kleinen Finger.
Dieser nickte und wollte schon gehen, als ich ihn
noch einmal zurückrief:
„Ach und Herr Petersen?" Er hielt inne und drehte
sich noch einmal zu mir um: „Ja?"
„Wenn Sie sich noch einmal anmaßen sollten, der
,DünenZeit' Schaden zufügen zu wollen, dann werden wir härtere Geschütze auffahren, als Ihre Mutter
anzurufen", wies ich ihn endgültig in die Schranken,
wobei ich mir tatsächlich nicht sicher war, ob es irgendetwas gab, das der Kerl mehr fürchtete, als den
Zorn seiner geliebten Mama.
Als das Muttersöhnchen abgerauscht war, blieben
Herta und ich kichernd zurück.

„Das war wohl nötig", gluckste Herta, „mein armer kleiner Butscher".

„Wobei arm und klein im Auge des Betrachters liegt", erwiderte ich und nahm meine Heldin ganz fest in die Arme. „Ich danke dir so sehr dafür, dass du das für uns getan hast."

Wir lösten uns wieder voneinander.

„Jetzt muss ich nur noch den Herrn Bürgermeister in den Griff bekommen", sinnierte ich leise.

„Ach wat", polterte Herta entschlossen zurück. „Da mach dir man gar keinen Kopp! Mit dem Bürgermeister sin Fru, der Liesel, hatte ich früher eine Doppelkopf-Runde. Werde mal sehen, was sie von dem Geklüngel zwischen ihrem Mann und meinem Sohn hält. Aber meiner Einschätzung nach kann sich der Arme schon jetzt warm anziehen – da ist sie nicht zimperlich, die Gute!"

Mensch, heute flogen mir die guten Nachrichten zu, wie die gebackenen Hähnchen im Schlaraffenland. Sollten das etwa erste Anzeichen einer abflauenden Pech- und beginnenden Glückssträhne sein?

Ich drückte mir vorsichtshalber kurz selbst die Daumen.

„Na denn man tau", spornte ich Herta in regionaler Mundart an und verabschiedete sie mit einem Klaps auf den Hintern. Diese entschwand mit einem kleinen Hüpfer so schwungvoll, als habe sie gestern ihren 28. Geburtstag gefeiert. Was für ein beneidenswerter Elan ... und gut, dass wir Nutznießer dieses Feuereifers sein durften.

Den nächsten Tag verbrachte das Team der „Dünen-Zeit" erwartungsgemäß rotierend.

Sechs Anreisen an einem Tag – das war selbst für ein eingespieltes Team, wie wir es inzwischen waren, eine echte Herausforderung.

Okka, Stine und ich waren vollends damit beschäftigt, die Gäste einzuchecken, Gästekarten auszufüllen, Hotel und Zimmer zu präsentieren, Extrawünsche zu erfüllen und nebenbei die eintrudelnden Telefonanrufe entgegenzunehmen.

Immerhin schienen alle unsere Besucher nett und höflich zu sein, so dass wir auf ein schönes Miteinander hoffen konnten. Eine Frau Stöterau zur Zeit war ja auch genug des Guten.

Es spielte uns in die Karten, dass der Frühling gerade heute entschieden hatte, die Insel Sylt mit seinen zarten Sonnenstrahlen und milden Temperaturen einzuhüllen.

So konnten unsere Gäste ihren Begrüßungsdrink im mittlerweile bunt blühenden Garten einnehmen.

Knut hatte bereits gestern Gartenmöbel und Strandkörbe platziert, und Stine hatte dem Bereich heute Morgen mittels bunt gestreifter Wolldecken den letzten Schliff verpasst.

Jetzt servierte Lotti die gewünschten Heiß- und Kaltgetränke an unsere zufriedenen und in Decken eingemummelten Gäste.

Ich stand im Türrahmen, blickte stolz auf die gut gefüllten Sitzgelegenheiten und nahm mir einen Moment Zeit, das Bild von unseren Gästen zu genießen.

Fast konnte man beobachten, wie der Stress aus Alltag und Anreise mit jedem Sonnenstrahl mehr aus ihren Gesichtern wich. Vor ihnen lagen jetzt Tage voller Ruhe, frischer Luft, langer Spaziergänge entlang des Strandes, Radtouren vorbei an den Dünenlandschaften und dem gewissen Etwas, das zwar keiner beschreiben konnte, von dem aber jeder wusste, dass es nur auf Sylt zu finden war.

Ich atmete noch einmal durch, bereit, mich wieder an die Arbeit zu machen, als plötzlich Moni über den ums Haus führenden Weg geschlendert kam.

„Hey du!", freute ich mich über den spontanen Besuch und ging ihr entgegen. „das ist ja eine Überraschung!"

Wir drückten uns und ich wies zu dem letzten freien Strandkorb am Rande des Rasens:

„Hast du Zeit für einen Milchkaffee? Dann können wir ein wenig die Sonne genießen und in Ruhe schnacken."

Moni nickte:

„Gern. Wir müssen uns auch ganz dringend unterhalten", grinste sie schelmisch. Jetzt war meine Neugierde natürlich geweckt.

Ich gab Lotti ein Zeichen, dass sie uns bitte zwei Kaffee bringen möge, und sah zu, mich neben Moni in den Strandkorb zu lümmeln.

„Oh, herrlich, nicht? Wie lange hatten wir eigentlich schon keine Sonne mehr?", fragte Moni und kuschelte sich zufrieden und entspannt ein. Auf ihrer Nase saß eine große braune Sonnenbrille, so dass ich nicht sehen konnte, ob meine Freundin ihre Augen offen oder geschlossen hielt.

Unfassbar. Erst piekste sie mich so an, und jetzt ließ sie mich schmoren.

„Ey!", nörgelte ich und stach ihr mit meinem Zeigefinger in die Seite, so dass sie mit einem ferkelähnlichen Quieken hochschreckte.

„Also, wenn du so auch mit Männern umgehst, wundert es mich nicht, dass du noch keinen abbekommen hast", stänkerte sie gespielt zickig und rieb sich die gepiesackte Stelle.

Ich drängelte: „Nun rück schon raus. Worüber müssen wir so dringend reden?"

„Ach so, das", spielte sie das Unschuldslamm und machte eine wegwerfende Geste. Sie wusste schon immer, wie sie mich auf die Palme bringen konnte. Sie nahm ihre Brille ab und drehte sich zu mir.

„Dann verrate mir doch bitte mal, was du mit dem armen Chris angestellt hast!"

Hä? Was sollte ich denn mit dem angestellt haben, ich hatte ihn doch nur zweimal kurz gesehen und lediglich ein paar Worte mit ihm gewechselt.

Fragend und völlig begriffsstutzig sah ich Moni an: „Wie, was ich mit dem angestellt habe? Ich kenn den doch kaum …"

„Na, dann frag ich mich, warum der arme Junge laut meinem Gatten völlig wesensverändert ist, seitdem du ihn in der ‚Wunderbar' mit einem Zauber belegt hast", ergänzte sie das Rätsel mit vorwurfsvoller Miene um ein weiteres Puzzleteil.

„Mit einem Zauber belegt?", fragte ich.

Noch immer wollte sich mir nicht erschließen, worauf Moni hinaus wollte. Vielleicht hatte sie auch einfach zuviel frische, methanhaltige Landluft geschnuppert. Sichtlich vergnügt über ihren Informationsvorsprung, legt sie nach:

„Jep, genauso hat Chris sich ausgedrückt. Du hättest ihn verhext, und er könne einfach nicht aufhören, an dich zu denken. Und wer muss das jetzt wieder ausbaden? Mein armer Thies hört nur noch Danni hier und Danni da. Und dabei war er doch immer so froh, mit seinem Kumpel über Männerkrams reden zu können, ohne die, Achtung Zitat: ‚Gefühlsduseleien‘, denen er bei mir immer ausgesetzt ist."

Jetzt war die Katze aus dem Sack, und Moni schaute mich gespannt wie ein Flitzebogen an.

Lotti kam mit zwei großen Tassen zu unserem Tisch und stellte sie vor uns ab. „Ach, du bist doch Moni, nicht wahr?", begrüßte sie meine Freundin und schenkte ihr ein warmes Lächeln. „Schön, dass du uns besuchen kommst. Geht es dir gut?"

Moni strahlte Lotti förmlich an und platzte mit den Neuigkeiten heraus, als wäre sie einer der heiligen drei Könige und der Lauf der Geschichte würde von der möglichst konsequenten Verbreitung ihrer Botschaft abhängen.

„Hallo, Lotti. Bei mir ist alles bestens, danke. Wusstest du schon, dass Danni einen Verehrer hat?"

Für diese Indiskretion handelte sich Moni einen weiteren Knuff ein, der sie aber nicht davon abhielt, Lotti weiter mit Neuigkeiten zu versorgen:

„Der beste Freund von meinem Mann ist völlig hin und weg von ihr." Begeistert sah sie mich an und fügte mit einem Blick auf mein grimmiges Gesicht hinzu: „Und frag mich jetzt bitte nicht wieso."

Dann nahm sie ihren Milchkaffee und schlürfte die Schaumkrone ab, als wäre nichts gewesen und sie die Unschuld vom Lande.

Lotti wirkte sichtlich amüsiert über uns, ließ sich aber nicht dazu hinreißen, sich Monis Bloßstellungsmanöver anzuschließen. Stattdessen gab sie sich fürsorglich:

„Also, das hat sich Danni aber auch verdient." Liebevoll streichelte mir Lotti über die Wange.

„Das ist doch hoffentlich ein Guter?", fügte sie hinzu und sah Moni streng an, als wäre sie verantwortlich für die Auswahl.

„Natürlich", hektisch nickte diese bestätigend mit dem Kopf. „Für Chris leg ich meine Hand ins Feuer. Und gut für Danni sorgen kann er auch. Immerhin ist er der Juniorchef der Dachdeckerei Ingwers. Jedes dritte Reetdach der Insel ist von ihm."

„Nett, dass ihr euch meinen Kopf zerbrecht!", mischte ich mich nun auch mal ein und sah ungläubig zwischen den Klatschtanten hin und her.

Lotti zeigte sich von meinem Rüffel aber unbeeindruckt und setzte den Dialog mit Moni ungerührt fort: „Ach, du meinst den lütten Ingwers? Ja, das ist ein guter Junge. Kommt ganz nach seinen Eltern. Und schmuck ist er. Hach, wenn ich 30 Jahre jünger wäre …" Verzückt spitze sie die Lippen.

„Oh ja", bestätigte Moni, „deshalb ist er auch ein sehr begehrter Junggeselle. Nur die Richtige war wohl noch nicht dabei. Bis jetzt ..." Aufgeregt stupste sie mich an und wartete auf meine Reaktion.

Aber was sollte ich davon halten? Chris war also in mich verschossen? Und ich, war ich auch in ihn verliebt? Ehrlich gesagt hatte ich bei dem ganzen Trubel in den letzten Wochen gar keine Zeit gehabt, überhaupt darüber nachzudenken.

„Also süß ist er ja", sinnierte ich laut und brachte damit sowohl Lotti als auch Moni so laut zum Jubeln, dass sich die Gäste verstohlen nach uns umsahen.

„Was aber nicht bedeutet, dass ich ihn gleich heiraten möchte", versuchte ich die aufgebrachte Zweiermeute wieder auf den Boden der Tatsachen zurückzuholen.

„Ach, Danni, wir freuen uns doch nur für dich. Ein paar Frühlingsgefühle haben noch niemandem geschadet", rechtfertigte sich Lotti und drückte meine Hand. „Und jetzt lass ich euch beide mal alleine. Die Gäste möchten gewiss noch etwas trinken."

Kaum war unser Hausengel entflogen, ging Moni in die Offensive:

„Was sagst du denn jetzt dazu? Ist das nicht der absolute Wahnsinn? Mensch, Danni, dann können wir zusammen alt werden! Du und Chris und ich und Thies. Vielleicht können wir sogar ne Doppelkopf-Runde gründen!"

Also entweder war Moni extrem pragmatisch veranlagt oder ich wurde gerade Opfer einer ihrer verqueren Späße.

„Das meinst du jetzt aber nicht ernst, oder?", fragte ich vorsichtshalber nach.

„Naja, das mit der Doppelkopf-Runde ist natürlich Quatsch. Du weißt ja, dass ich lieber Skat spiele", grinste sie. „Aber wir vier Süßen für immer vereint … das wäre doch was!"

Noch immer strahlte sie mich erwartungsvoll an. Niedlich, wie leicht sich meine Freundin das Leben manchmal vorstellte – als wären wir Prinzessinnen im Märchenland und der Traumprinz inklusive Happy End fester Bestandteil der Story.

Trotzdem. Langsam ließ ich mich anstecken:

„Was hat er denn noch so gesagt?"

Moni knibbelte an den Bügeln ihrer Brille herum und überlegte kurz:

„Er sagte, dass du so natürlich bist und er sich schon beim ersten Treffen am Strand in dich verguckt hat. Und dass ihr euch zufällig wieder getroffen habt, und ich auch noch deine beste Freundin bin, sieht er als Wink des Schicksals."

Soso, beeindruckt hatte ich ihn also. Und das trotz verwehter Haare und sonderlichen Verhaltens. Zugegeben, so ganz spurlos war die Begegnung an mir auch nicht vorbeigegangen. Besonders nach dem Abend in der „Wunderbar" hatte ich das ein oder andere Mal an Chris gedacht.

„Und wie soll es jetzt weitergehen? Weißt du, ob er etwas plant?", fragte ich Moni und bekam schon bei dem Gedanken daran ein seltsames Kribbeln in der Magengegend.

„Also, offiziell weiß ich das alles ja gar nicht", sie zwinkerte mir verschwörerisch zu. „Aber inoffiziell kann ich dir verraten, dass er plant, dich besser kennenzulernen. Nur wie, weiß er selbst noch nicht so genau. Ich hab Thies gesagt, er soll doch Chris sagen, wie gern du in die Sauna gehst. Dachte mir, dabei schlägst du zwei Fliegen mit einer Klappe – immerhin kaufst du ja auch keinen Wagen, ohne ihn probegefahren zu haben." Unschuldig schlürfte sie an ihrem Café con leche.

„Hast du nicht", fixierte ich sie erschrocken.

„Nein", gab sie giggelnd zu, „hab ich nicht. Dafür habe ich ihm erzählt, wie gerne du joggst und dass das doch eine wunderbare Gelegenheit wäre, ein wenig Zeit miteinander zu verbringen. Chris ist nämlich auch überzeugter Läufer".

Das wurde ja immer besser: gutaussehend, erfolgreich, nett, sportlich und in mich verliebt – den Jungen sollte ich mir wirklich mal genauer ansehen.

Aber erst einmal wollte ich mich auf unsere Gäste konzentrieren. Die chillten zwar gerade noch genüsslich auf ihren Sonnenplätzen, heute Abend aber war eine gemeinschaftliche Aktion geplant.

Wie jeden Karsamstag würde das große Osterfeuer am Strand mit vorangehender Fackelwanderung stattfinden, und das gesamte Team der „DünenZeit" würde unsere Gäste zur Saisoneröffnung begleiten.

„Bist du heute Abend eigentlich auch dabei? Ich muss mich jetzt nämlich langsam wieder an die Arbeit machen", beendete ich das gemütliche Beisammensein.

„Klaro", sagte Moni, „das lassen sich die Lütten doch nicht entgehen. Feuer ist für sie das Größte. Aber geh du man arbeiten. Ich trink noch in Ruhe mein Käffchen aus. Kommt ja nicht oft vor, dass dabei kein Kind um meine Beine herum hüpft".

„Sei's dir gegönnt", stöhnte ich und stützte mich auf Monis Knie ab, um mich hochzuhieven.

Es war jetzt kurz nach vier, in drei Stunden musste sich unsere kleine Wandergruppe auf den Weg machen, und bis dahin wartete noch ein gefüllter E-Mail-Account auf Bearbeitung.

Es war gegen halb acht, als sich das halbe Dorf am Gemeinschaftshaus von Friesum traf, um zusammen in den Abend zu starten.

Bis auf Familie Stöterau (die Gute hatte einen ihrer ständigen Migräne-Anfälle, musste wohl vom ewigen Zetern kommen) hatten sich alle unsere Gäste angeschlossen und waren bester Laune.

Knut und Lotti freuten sich ganz besonders auf den Abend. Man merkte, dass diese jährliche Veranstaltung für sie mit vielen Erinnerungen verbunden war.

Auch Herta war mit von der Partie und legte sogleich mit unseren beiden Oldies ein kleines Ringel-Ringel-Reihe-Tänzchen hin, wie sie es sicher schon vor einem halben Jahrhundert als Kinder aufgeführt hatten. Der Sohnemann, Herr Petersen, stand peinlich berührt daneben und schämte sich für seine alberne

Mutter, wie es sich für gewichtige Geschäftsmänner eben gebührte.

Doch davon ließen sich die drei nicht abhalten und stimmten ein altes friesisches Lied an, das ich Lotti schon des Öfteren beim Kochen hatte summen hören. Stine stieg sofort mit ein und zog auch die sich sträubende Okka und mich hinzu. Und so tanzten und sangen wir alle gemeinsam, einträchtig, so dass mir ein warmer Schauer nach dem anderen durch den Körper fuhr:

> *Üüs Söl'ring Lön, dü best üüs helig;*
> *Dü blefst üüs ain, dü best üüs Lek!*
> *Din Wiis tö hual'en, sen wü welig;*
> *Di Söl'ring Spraak auriit wü ek.*
> *Wü bliiv me di ark Tir forbün'en,*
> *Sa lung üs wü üp Warel'sen.*
> *Uk diar jaar Uuning bütlön'fün'en,*
> *Ja leng dach altert tö di hen.*
> > *Kumt Riin,*
> > *Kumt Senenskiin,*
> > *Kum junk of lekelk Tiren,*
> > *Tö Söl' wü hual'*
> > *Aural;*
> > *Wü bliiv truu Söl'ring Liren!*
> *Di Seewinj soong me litjem Suusin,*
> *Hur ik üp Söl' üs Dütji slöp;*
> *Fan Strön'jertik dit eewig Bruusin,*
> *Üs ik bi Mooters Hun'jit löp.*
> *Ik haa di Stairer al bihöl'en,*
> *Diar jens üüs Jungens Hemelrik,*

Di Teft ön Uursem, fol fan Krölen,
Üüs Spölplaats bi di Bosk üp Dik.
 Kumt Riin,
 Kumt Senenskiin,
 Kum junk of lekelk Tiren,
 Tö Söl' wü hual'
 Aural;
 Wü bliiv truu Söl'ring Liren!
Üüs Taachten hual' jit fast omslüngen,
Wat üüs fan litj ap wert en lef:
Üüs Terp, hur wü tö Skuul jens gingen,
Üüs Mark, üüs Hiir', di Wai bi Klef,
Ark Stich, hur wü üs Jungen ronen,
Ark Stegelk, diar aur Eeker gair,
Di Hooger, hur wü Biike bronen:
Hat es jit ales üp sin Stair.
 Kumt Riin,
 Kumt Senenskiin,
 Kum junk of lekelk Tiren,
 Tö Söl' wü hual'
 Aural;
 Wü bliiv truu Söl'ring Liren!

Lotti erzählte mir anschließend, dass es sich bei dem Lied um die inoffizielle Sylter Hymne von den Herren Hübbe und Christiansen handelte, welches in Sölring, dem auf Sylt gesprochenen Friesisch, verfasst und traditionell beim Biike-Brennen im Februar gesungen wurde. Und sie übersetzte mir den Text folgendermaßen:

Unser Sylter Land, du bist uns heilig,
du bist unser Eigen, du bist unser Glück.
An deine Art uns zu halten, sind wir gewillt.
Die Sylter Sprache vergessen wir nicht.
Wir bleiben Dir allzeit verbunden,
solange wir auf Erden sind.
Auch jene, die ihr Zuhause auf dem Festland fanden,
sehnen sich doch immer nach dir zurück.

    Kommt Regen,
    kommt Sonnenschein,
    kommen dunkle oder glückliche Zeiten –
    immer
    halten wir zu Sylt.
    Wir bleiben treue Sylter Leute.

Der Seewind sang mit leisem Säuseln,
da ich auf Sylt als kleines Kind einst schlief.
Vom Strand hört ich das ewig Brausen,
als ich an Mutters Hand dann lief.
Ich hab all die Plätze behalten,
die uns Kindern Himmelreich waren:
Die Wiese am Haus, im Frühling von Grasnelken voll,
unser Spielplatz neben dem Busch am Deich.

    Kommt Regen,
    kommt Sonnenschein,
    kommen dunkle oder glückliche Zeiten –
    immer
    halten wir zu Sylt.
    Wir bleiben treue Sylter Leute.

Unsre Erinnerung hält noch fest umschlungen,
was uns von klein an lieb und wert:

unser Dorf, wo wir zur Schule gingen,
unsere Feldmark, unsere Heide, der Weg am Kliff –
jeder Pfad, auf dem wir als Kinder rannten,
jeder Steg, der durch die Äcker führte,
die Hünengräber, wo wir die Biike abbrannten –
alles ist noch an seinem Platz.
   Kommt Regen,
   kommt Sonnenschein,
   kommen dunkle oder glückliche Zeiten –
   immer
   halten wir zu Sylt.
   Wir bleiben treue Sylter Leute.

Dann zündete die Jugendfeuerwehr ihre Fackeln an, und die menschliche Karawane setzte sich, begleitet vom lauten „Ruftata" des örtlichen Spielmannzugs, in Bewegung.

Der abzuschreitende Weg war seit Ewigkeiten festgeschrieben: Die Dorfstraße entlang, vorbei an dem kleinen Wäldchen und dann auf direktem Wege zu dem Festplatz in den Dünen, wo bereits seit Tagen Holz für das Osterfeuer gesammelt wurde.

Gestört durch die Dunkelheit, blickte ich mich während des Gangs durch die Gemeinde regelmäßig um, ob ich einen gewissen Jemand in der Menge ausmachen konnte, aber mein Verehrer (oder war es doch eher der Verehrte) war weit und breit nicht in Sicht.

Wir nahmen den schmalen sandigen Pfad Richtung Strand im Süden Friesums und versammelten uns um den großen Bretterhaufen. Dann waltete die Jugendfeuerwehr ihres Amtes und setzte die unteren Scheite mit ihren Fackeln in Brand. Das Feuer loderte kräftig, und schon nach kurzer Zeit verbreitete sich eine wohlige Wärme.

Unsere Gäste waren ganz hingerissen von dem traditionellen Event, und ich war es ehrlich gesagt auch. Ich war kein Besucher mehr, sondern ich gehörte dazu. Zu dieser Insel, zu diesem Ort, zu diesen Menschen, zu diesem Brauchtum.

Gebannt starrte ich eine Weile ins Feuer und dachte darüber nach, was ich seit meiner Ankunft schon alles erleben durfte und wie selbstverständlich mein Leben hier inzwischen geworden war. Verträumt setzte ich mir den Eierpunsch an die Lippen, den Stine netterweise gerade für uns und unsere Gäste besorgt hatte, da fuhr mir abrupt jemand dazwischen und hielt mein Tasse fest:

„Vorsicht, heiß!"

Ich musste lächeln. Da war er wieder – mein Retter in allen Lebenslagen. Und hielt noch immer meine um den Becher geschlossenen Hände fest in den seinen.

„Was wäre ich nur ohne dich?", fragte ich Chris, dessen Gesicht im Schatten des Feuers flackerte, und meinte es genauso, wie ich es gesagt hatte.

„Noch immer die schönste Frau der Insel", antwortete er und schien es ebenfalls genauso zu meinen.

Gut, dass es dunkel war, sonst hätte Chris sicher gesehen, wie ich ob seines Kompliments purpurrot anlief.

„Schön, nicht wahr?", lenkte ich ab und starrte wieder wie hypnotisiert ins Feuer. „Man hat das Gefühl, die Welt würde still stehen, wenn man in die Flammen schaut."

Just in dem Moment sprang mich etwas an und riss mich beinahe von den Beinen. Mein Eierpunsch machte einen gewaltigen Satz und landete zielgenau auf Chris' Brust. Leicht bedröppelt guckte er an sich herab: „In deiner Nähe ist man wirklich nicht sicher. Köpfe verdrehen, Herzen brechen, Jacken mit Punsch einsauen. Du bist mir schon eine", grinste er und begann, sich mit einem Taschentuch abzutupfen.

Ich hatte schon so eine Ahnung, welcher Naturgewalt ich diese unangenehme Situation zu verdanken hatte, schaute aber sicherheitshalber noch einmal nach.

Jep, da unten hingen sie, jeder an einem Bein: Nele und Piet, ausgestattet mit jeder Menge Energie und einem unwiderstehlichen Kinderlachen. Da konnte doch keiner böse sein!

„Ihr kleinen Monster", knurrte ich liebevoll, drückte Chris meine Tasse in die Hand, schnappte mir den kleinen Piet und schleuderte ihn in der Luft herum, dass er anfing zu johlen. „Guckt mal, was ihr mit dem armen Chris gemacht habt!"

„Chris hat dekleckert", war Neles folgerichtige Darstellung der Lage. „Mutt du besser aufpassen", legte der kleine Klugscheißer noch eine Belehrung nach, die sicherlich von der Mama abgekupfert war.

Apropos Mama, die kam gerade hektisch angelaufen: „Ach, da seid ihr ja! Euch kann man wirklich keine Sekunde aus den Augen lassen." Strafend sah sie erst ihre Kinder an und dann uns.

„Oh je, wie es aussieht, haben die zwei bereits ganze Arbeit geleistet", sagte sie mit einem Blick auf Chris' Vorderseite. „Da ist wohl mal wieder ein Käsekuchen fällig, was?"

„Aber ein ganz großer", bestätigte Chris und küsste Moni zur Begrüßung auf die Wange.

„Hach, wir haben es erst so spät geschafft, weil Thies eben noch ein Kälbchen holen musste. Wollte einfach nicht raus, das kleine Mistvieh. Und das ausgerechnet zum Osterfeuer! Angestellt müsste man sein, das wäre ein Leben. Oder Landwirt in Teilzeit." Sie stöhnte und griff nach Chris' Becher:

„Prost", stieß sie mit bzw. ohne uns an und nahm den letzten Schluck von der übrig gebliebenen Pfütze auf dem Tassenboden.

Dann fiel ihr wohl ein, dass sie etwas Wichtiges vergessen hatte, denn plötzlich hustete sie und setzte schnell die Tasse ab:

„Ach so, ja", bedeutsam sah sie uns an „und euch beiden geht es gut?"

Chris und ich wechselten einen genervten Blick. Es war klar, was jetzt kommen würde.

„Habt, also habt ihr euch denn schon, na ja, näher kennenlernen können?", bohrte Moni ungeniert weiter.

„Moniiiiii", unterbrach ich ihre Neugierde, „du bist ja ein noch viel größerer Quälgeist als deine Kinder", foppte ich sie.

„Wat is ein Täldeist?", fragte Nele interessiert, wohl ahnend, dass sich dahinter kein Kompliment verbarg, wie es die kleine Prinzessin am liebsten hatte.

Chris beugte sich zu ihr runter:

„Ein Quälgeist ist jemand, der immer das bekommt, was er gerne hätte. So jemand, wie deine Mami."

Damit gab sich die Lütte gerne zufrieden:

„Ach do", sagte sie. „Ach do", äffte ihr kleiner Bruder sie nach. „Ach do", bestätigte ich kopfnickend und grinste meine nervige Freundin triumphierend an.

Diese sah ein, dass sie mit ihrer Vorgehensweise keinen Erfolg haben würde und entschied sich für eine andere Taktik:

„Ok, dann lassen wir die Turteltäubchen mal allein. Man will sich ja nicht aufdrängen."

Sprach's und verschwand mit ihrem Anhang im Gewusel. Chris und ich blieben äußerst verlegen zurück.

„Nun", wagte Chris einen Vorstoß, „da wir uns doch sowieso immer über den Weg laufen, was würdest du davon halten, wenn wir uns einmal absichtlich verabredeten?"

„Du meinst, ohne dass wir unfreiwillig zusammenstoßen oder du mich aus einer brenzligen Situation befreien musst?", witzelte ich.

Chris lachte sein so unglaublich natürliches Lachen:

„Oh ja, genau das meine ich. Gewagt, aber ich glaube, wir sollten das Risiko eingehen. Moni hat mir erzählt, dass du gerne laufen gehst. Was meinst, wollen wir uns morgen mal sportlich versuchen?"

Das wäre mal was anderes. Noch nie hatte mich ein Mann fürs erste Date zum gemeinsamen Schwitzen im Sinne von sportlicher Betätigung eingeladen.

Das lag sicher daran, dass man in einem netten Restaurant oder auf einer Party als Frau viel bessere Chancen hatte, sich in einem guten Licht zu präsentieren, als mit Stirnband, busen-killendem Sport-BH und gänzlich ohne Make-up. Aber hier auf Sylt war ja sowieso alles ein bisschen anders, also sollte ich mich ruhig darauf einlassen. Bekloppter aussehen als damals bei meinen Selbstgesprächen am Strand würde ich wohl auch beim Joggen nicht.

„Einverstanden, dann wollen wir doch mal sehen, was du so drauf hast", gab ich mich selbstbewusst, und wir verabredeten uns gleich für den Folgetag.

„Worauf hab ich mich da nur eingelassen?", heulte ich mich am nächsten Nachmittag telefonisch bei Moni aus, während ich hektisch vor dem Spiegel Kombinationen probierte. „Kannst du mir mal bitte sagen, wie man es schaffen soll, in Leggins besser auszusehen als Robin Hood in seiner Strumpfhose?" Nervös zupfte ich an der eng am Hintern anliegenden Stoffpartie herum.

„Warum gehen wir nicht einfach essen, so wie jedes normale Pärchen es tut, um sich kennenzulernen?"

Das wusste Moni einfach zu beantworten:

„Na, weil ihr eben etwas ganz Besonderes seid. Nicht so gewöhnlich wie der Rest der Welt. Außerdem solltest du froh sein, immerhin weißt du dann gleich, wie dein Zukünftiger duftet, wenn er gerade mal nicht in Chanel gebadet hat. Das ist ein nicht zu unterschätzender Aspekt bei der Partnerwahl. Ich bin damals auch extra mit Thies in den Stall, um ihn in seinem natürlichen Duftumfeld zu erleben, und du siehst, wie glücklich wir heute sind. Es heißt ja nicht umsonst, dass man jemanden gut riechen kann, das ist sogar wissenschaftlich bewiesen", beendet sie ihre tiefschürfenden Ausführungen.

Ich prustete los: „Ha, ich weiß noch sehr genau, warum ihr damals Testläufe im Stall geschoben habt! Und das war mit Sicherheit nicht im Namen der Wissenschaft, auch wenn mit Körperflüssigkeiten experimentiert wurde."

Sicher bereute Moni gerade, dass sie nichts für sich behalten konnte, denn sie brauchte einen Moment, um sich zu meiner Behauptung zu äußern:

„Naja, wie auch immer", spielte sie das Thema herunter, „dann sieh es doch einfach positiv, dass Chris sich dir in einer sehr, sehr engen Hose präsentieren wird. Willst du seinen Bobbes sehen, sagst du, du musst mal ein wenig zurückfallen, weil du nicht mehr kannst, willst du sehen, wie er bestückt ist, legst du halt 'nen Sprint ein".

„Also, Moni!", spielte ich entrüstet, verfiel aber sofort in eine weitere Depression, als ich in den Spiegel sah:

„Hast du dir mal überlegt, dass ich in genau so einer engen Büx stecke? Da werde ich gepflegt darauf achten, immer hübsch an seiner Seite zu bleiben. Jetzt muss ich aber los. Wünsch mir Glück!"

„Hals- und Beinbruch", wählte Moni ihre Abschiedsworte wenig charmant.

Ich legte auf und drapierte noch ein weißes Tuch über meinen Haaransatz – soviel Accessoire musste einfach sein.

Vor der Haustür stand schon Chris und dehnte gerade seine Oberschenkel. Wow, sah der gut aus! Schien so, als würde er des Öfteren laufen gehen. Hoffentlich nicht immer in Begleitung blonder Hoteldirektorinnen …

„Moin, Chris!"

Mein Herz bummerte in der Brust, als würde die Blue Man Group gerade versuchen, den Konzertsaal mit ihren Trommeln einzufärben.

„Moin, Danni. Schön, dass es heute geklappt hat mit uns."

Er küsste mich auf die rechte Wange, welche unter seiner Berührung gleich wieder anfing zu glühen. Schnell ging ich ebenfalls in eine Dehnhaltung, um mein Gesicht zu verstecken. Später beim Laufen wäre eine Färbung normal, aber was sollte er denn bitte jetzt von mir denken, wenn ich anlief wie eine Krabbe im heißen Wasser?

„Also, wollen wir starten? Wo laufen wir denn lang?", wollte ich wissen.

Chris lächelte zuckersüß:

„Du darfst dich heute von mir führen lassen. Ich hab mir schon ne tolle Route überlegt. Und am Ende leg ich dir die Welt zu Füßen, versprochen."

„Na, da bin ich ja gespannt", gab ich zurück, und schon verfielen wir in einen lockeren Lauf.

Zunächst joggten wir landeinwärts, vorbei an grünen Pferdekoppeln und weiten, flachen Landschaften.

Chris erzählte von seiner Jugend auf der Insel und davon, wie er und seine Kumpels damals in und mit der Natur aufwuchsen.

Wie sie Verstecken spielten in den seinerzeit noch ungeschützten Dünenlandschaften, wie sie sich jagten an den kilometerlangen Stränden und wie sie Höhlen bauten in den Wäldern und auf den Feldern.

Heute wäre alles ganz anders. Die Insel gehörte vor allem den Feriengästen, und die Bewegungsfreiheit von damals musste dem Schutz der Natur weichen – sonst würden die vielen Menschen zuviel kaputt machen.

Zwar war Lübeck nur eine kleine Stadt mit etlichen grünen Arealen und viel Wasser, dennoch hatte ich mir immer gewünscht, in dörflich-ländlicher Umgebung aufzuwachsen. Später in meiner Jugend war ich dann allerdings sehr dankbar gewesen, ein Stadtkind zu sein, schließlich legte man in dem Alter wenig Wert auf frische Luft und idyllische Landschaften. Viel mehr freute man sich über verqualmte Kneipen und Jungs in viel zu großen Hosen, die zudem auch noch knapp unter den Arschbacken zu sitzen hatten.

Wir erreichten Keitum, passierten die alte Steinkirche St. Severin und gelangten an die Wattseite des Eilands.

„Hier haben meine Eltern geheiratet", erzählte Chris, während wir eine kurze Dehnpause einlegten.

„Ein romantisches Fleckchen, nicht wahr?" Er zwinkerte mir zu, und mir wurde schon wieder ganz warm ums Herz.

„Ja", räumte ich ein, „von so einer Kulisse für ihre Hochzeit träumt wohl jede Frau".

„Nicht nur jede Frau", erwiderte Chris und sah mir so tief in die Augen, dass ich kurz die Luft anhielt, um mich nicht an seinen Blicken zu verschlucken.

Wir trabten wieder an und folgten dem Sandweg entlang des Ufers. Obwohl Joggen ja eigentlich dafür bekannt war, den Kopf frei zu machen, schwirrte mir ebendieser gerade ganz gewaltig.

Sollte es sich etwa tatsächlich um ein heiratswilliges Exemplar der Gattung Mann handeln, das da kraftvoll neben mir einen Fuß vor den anderen setzte? Und war ich in diesem Fall zu einer Meldung verpflichtet? An wen musste man sich wohl wenden? An den Naturschutzbund? An die NASA? Oder doch besser an die Zeitschrift Brigitte? Wer war zuständig für den Artenschutz solcherlei bedrohter Wesen?

Vielleicht wäre es auch besser, dieses Geheimnis für mich zu behalten. Sicherlich würde man Chris sonst einsperren und zu grausamen Experimenten heranziehen, so dass keine Frau mehr würde von seinen Vorzügen profitieren können. Das konnte ich nicht zulassen! Gehetzt sah ich hinter uns, konnte aber keine bedrohlichen Verfolger ausmachen. Vorerst würden wir wohl sicher sein.

So gelangten wir nach Munkmarsch. Diese Ecke von Sylt hatte ich noch nie gesehen. Schön war es hier, so ruhig und idyllisch, kleiner Hafen inklusive. Weiter ging es im Laufschritt, durch eine hügelige und wild bewachsene Landschaft, von welcher aus man einen tollen Weitblick über das Wattenmeer hatte.

„Hier musst du mal im Sommer herkommen", erzählte Chris, so langsam doch ein wenig kurzatmig von der Anstrengung. „Wenn die Braderuper Heide blüht, ist es noch schöner als jetzt."

„Kaum vorstellbar, dass etwas noch schöner sein kann", gab ich zurück und genoss die Aussicht mit jedem zurückgelegten Meter.

„Ich werde es dir einfach zeigen", machte Chris schon einmal Pläne für die Zukunft.

Dann tauchten vor uns die ersten Reetdachhäuser Kampens auf. Hier kannte ich mich jetzt wieder aus. Wir passierten die berühmte „Kupferkanne" und bahnten uns unseren Weg vorbei an prachtvollen Gebäuden mit Reet auf, Porsche Cayenne vor und Tiefgarage unter dem Haus.

„Glück lässt sich aber nicht kaufen", dachte ich und versuchte, mir vorzustellen, wie es wohl in manchen Häusern aussah, in denen Kinder ihre Väter nicht zu Gesicht bekamen, weil diese gerade auf der Jagd nach dem großen Geld um die Welt jetteten, während Ehefrau und Kinder auf der Insel geparkt wurden.

Bei uns zu Hause hatte es zwar nie zuviel des Geldes gegeben, dafür hatte mein Vater uns aber auch aufwachsen sehen, hatte uns das Radfahren beigebracht und unseren ersten Freunden Prügel angedroht, sollten sie ihre Finger nicht bei sich behalten können.

Wie das wohl bei Chris gewesen war? Hier waren wir ja quasi inmitten seines Imperiums, schließlich war die Verwendung von Reet in Kampen sogar per Satzung vorgeschrieben. Zudem saß hier, wie man nicht nur an Häusern und Grundstücken, sondern auch an den ansässigen Labels, Juwelierläden und Haute-cuisine-Restaurants sah, das Geld.

Ob er ebenfalls in solchen Verhältnissen aufgewachsen war? Ich hatte keine Idee, wie viel man verdienen konnte, indem man in Reet machte. Also, nicht bildlich gesprochen jetzt, das würde einem höchstens Ärger einbringen, aber wohl keine Einkünfte.

Ich schielte zu ihm hinüber. Wie ein Snob wirkte er nun wirklich nicht. Eher wie jemand, der in normalen Verhältnissen aufgewachsen war, wobei sich ja auch der Begriff „normal" äußerst dehnbar gestaltete.

Nach dem Überqueren der Hauptstraße führte uns unser Weg über die Whiskeymeile, Treffpunkt der Schönen und Reichen und derer, die gerne dazugehören würden. Klar, dass Eigenpräsentation in dieser Schicht zum guten Ton gehörte, und so machte es sich die Schickeria auch zu dieser Jahreszeit auf den Terrassen der Nobeletablissements gemütlich, um unter Heizstrahlern und Echtfelldecken Champagner und Austern zu schlürfen. Dekadent, zugegeben, aber ich konnte in diesem Moment von ganzem Herzen gönnen. Schließlich war ich diejenige, die das Geheimnis um den letzten heiratswilligen Mann kannte, da konnten das Wissen über das Bouquet verschiedenster Weine oder die Geheimnummer des besten Schönheitschirurgen vom Tegernsee keinesfalls mithalten.

Und so ließen wir die so genannte „bessere Gesellschaft" hinter uns und gelangten wieder zu mehr Natürlichkeit – der Sylter Dünenlandschaft. Am Ende eines Weges erwarteten uns viele, viele Stufen, die eine Anhöhe heraufführten.

„Wenn wir oben sind, haben wir es geschafft!", versuchte Chris mir Mut zuzusprechen.

Der hatte vielleicht Nerven! Wir hatten weit über zehn Kilometer in den Beinen, und der Kerl wollte das Ganze noch mit einer Klettertour krönen? Gut, ganz wie er wollte. Ich würde mir keine Blöße geben. Und so aktivierte ich letzte Reserven und nahm die Stufen ambitioniert in Angriff.

Das Resultat war eine Nahtoderfahrung deluxe in Verbindung mit schlimmster Schnappatmung – aber egal, wir hatten es geschafft und waren nun angekommen auf … ja, wo eigentlich? Mir war gar nicht bekannt, dass auf Sylt auch Berge wuchsen. Gut, dass ich Fremdenführer Chris dabei hatte:

„Das hier ist die Uwe-Düne, und das waren gerade die 110 Stufen zum Glück."

Ich war noch immer nicht imstande, vernünftig zu atmen, und stützte mich einen Moment auf meinen Knien ab:

„Das ist also für dich Glück?", fragte ich ihn und sah kritisch zu ihm hoch. „Bei uns zu Hause nennt man so etwas Selbstmord."

„Ja, das ist Glück. Und dein Zuhause ist jetzt hier", sagte Chris, nahm mein Gesicht in seine Hände und küsste mich ebenso zärtlich wie unerwartet.

Er hatte tatsächlich recht – genau das hier war Glück! Langsam lösten wir uns voneinander. Dann legte Chris von hinten seine Arme um mich und gemeinsam schauten wir über das weite Meer, bis mindestens nach England. Oder noch weiter. Vielleicht auch unendlich weit, so weit, wie unser Glück gerade reichte. Wohl überflüssig zu erwähnen, dass ich diesen Mann sehr, sehr gut riechen konnte?

Als die Dämmerung einsetzte, fingen wir in unseren schwitzigen Klamotten an zu frösteln.

„Ich glaub, wir sollten mal los", löste ich mich unwillig aus Chris Umarmung. „Wie kommen wir denn jetzt eigentlich nach Hause?"

„Na so, wie es Prinzessinnen gebührt natürlich. Komm mit!"

Chris nahm mich bei der Hand und führte mich durch die Dünen zurück nach Kampen.

Auf dem ersten Parkplatz wartete Thies mit einer kleinen Ponykutsche. Davor erkannte ich Max und Moritz, zwei seiner Mini-Pferde für die Ferienkinder.

„Hihi, das ist wohl die Variante für den verarmten Landadel", kicherte ich und gab Chris einen Kuss für die süße Idee. Wir begrüßten Thies, mummelten uns in die mitgebrachten Decken ein, und dann zauberte Chris eine Flasche Champagner und zwei Gläser hervor.

„Und jetzt ab nach Hause. Da machen wir zwei es uns vor dem Kaminofen gemütlich", sagte er und besiegelte seine Worte mit einem weiteren, langen Kuss, der tausendmal mehr wert war als all der oberflächliche Prunk um uns herum.

Entweder dauerte die Fahrt nur wenige Minuten, oder meine Gefühle waren einfach zu sehr mit Chris beschäftigt, als dass sie sich für so etwas Banales wie die Zeit interessieren konnten.

Auf jeden Fall hielten wir schon bald vor einem hölzernen Gartentor, das den Eingang bildete zu einem charmanten Anwesen, natürlich inklusive Friesenhaus samt Reetdach.

„So, meine Hübsche, Endstation", zerstörte Chris meine Hoffnung, die Fahrt würde ewig und drei Tage dauern, und tüddelte uns aus der Decke heraus, in die wir während der Fahrt quasi eingewachsen waren.

„Darf ich Moni berichten, dass das Unternehmen Liebe geglückt ist?", mischte sich Thies augenzwinkernd in unsere Zweisamkeit ein und erntete dafür einen meiner bekannten Rippenstöße.

„Ufff", jammerte er, „das soll wohl ein ‚Ja' sein". Dann schnalzte er seinen Fury-Miniaturausgaben zu und verschwand nebst Kutsche und „Love is in the air" auf den Lippen in die Richtung, aus der er gekommen war.

Jetzt waren wir zwei Hübschen wieder alleine.

„Komm mit", ergriff Chris die Initiative und nahm mich bei der Hand, um mich über den Gartenweg ins Haus zu führen.

Nervös hielt ich den Atem an, schließlich war das einer der intimsten Momente, die eine Frau mit einem Mann erleben konnte: das Kennenlernen der Junggesellenbude. Meiner Meinung nach sagte kaum etwas mehr über einen Kerl aus, als sein Geschmack in Sachen Inneneinrichtung.

Schwarz-lila Schrankwände mit Chromfüßen oder indirekte blaue Beleuchtung hinterm Bett? Füße in die Hand nehmen und laufen!

Eckgarnituren, die mit ihrem Muster nie aus der Mode kommen konnten, weil sie nie in Mode waren, kombiniert mit einem höhenverstellbaren Wohnzimmertisch aus unkaputtbarem Mahagnoni? Keine Zeit verlieren, um die Füße in die Hand zu nehmen, sondern gleich laufen!

Porzellan-Puppen auf dem Eckschrank und eine Pinnwand mit Frauenbildern und Zeitungsberichten? Klarer Fall von Massenmörder, weglaufen zwecklos!

Chris schloss auf und vorsichtig linste ich in den Flur, der sich hinter der massiven Eingangstür auftat.

Nicht schlecht, das musste ich zugeben. Neben dezenten Fliesen und einer weißen Holztreppe befanden sich in dem Raum ein geschmackvoller Spiegel über einer antiken Kommode sowie ein geflochtener Hundekorb inklusive winselndem Inhalt.

Mit einem aufgeregten Sprung erhob sich jener Inhalt in Form eines Wollknäuels mit Ohren und feierte mit Hilfe von ausdauerndem Schwanzwedeln und flummiartigen Hüpfbewegungen unsere Ankunft. Ich beugte mich runter, um das unbekannte Wesen zu begrüßen, was mir sofort mit nassen Hundeküssen gedankt wurde.

„Sir Lancelot mag dich", sagte Chris und kniete sich zu uns.

„Sir Lancelot?", fragte ich lachend und versuchte angestrengt unter weiteren feuchten Liebkosungen (also von dem Hund, nicht von Chris) eine Verbindung zwischen einem edlen Ritter der Tafelrunde und dem aufgeregten Büschel Haare vor mir herzustellen.

„Täusche dich nicht", ergriff Chris theatralisch das Wort und tätschelte seinen vierbeinigen Freund, „unter all diesen Haaren schlägt ein Herz voller Edelmut! Der kleine hier hat mich nämlich schon sehr oft vor der allzu grausamen Einsamkeit, die Singles an Samstag-Abenden droht, bewahrt."

„Aber das ist ja jetzt hoffentlich Vergangenheit", fügte er in einem normalen Ton hinzu und nahm erneut meine Hand, „komm, lass uns ins Wohnzimmer gehen".

Im wohl größten Raum des Hauses empfing uns eine einladende Gemütlichkeit. Beeindruckt sah ich mich um. Hier hatte jemand mit Geschmack seinen Fingerabdruck hinterlassen und geschickt alt und neu miteinander kombiniert.

Eine kleine Welle der Eifersucht überkam mich. Ok, es war eher ein Tsunami. Sicher hatte eine von Chris' Ex-Freundinnen hier das Projekt Nestbau gestartet und – wie Männer eben sind – machte Chris es sich seitdem hier gemütlich, obwohl das Deko-Vögelchen schon lange wieder ausgeflogen war.

„Du hast es aber wirklich schön hier", sagte ich betont lässig, „da hat dir doch sicherlich jemand bei geholfen, oder?" Als würde mich die Antwort nur peripher interessieren, nahm ich einen Bilderrahmen vom Regal und begutachtete diesen, ohne wirklich hinzuschauen.

Schade nur, dass Chris mich besser durchschaute als ich das geschnörkelt umrandete Rahmenglas: „Eine

Exfreundin meinst du wohl?" Keck lächelte er mich an, und ich merkte, wie mein Gesicht ertappt zu glühen begann.

Mist! Da war ich dank jahrelangen Studiums diverser Beziehungsratgeber und selbstloser Testläufe Expertin in Sachen (sub-)optimales Flirtverhalten, und dann konnte ich das gesammelte Wissen wegen fehlender Selbstkontrolle im Bedarfsfall nicht ansatzweise anwenden. Beschämt blickte ich zu Chris:

„Naja, ich dachte halt … weil das hier so geschmackvoll eingerichtet ist … hatte doch sicher eine Frau ihre Finger im Spiel", rechtfertigte ich mich devot.

„Stimmt", bestätigte Chris auch sogleich erbarmungslos meine Befürchtungen, „meine Mutter hatte ganz schön damit zu kämpfen, mir meine eigenen Einrichtungsideen wieder auszutreiben, als ich damals hier eingezogen bin. Ich wollte zum Beispiel unbedingt einen Geweih-Kronleuchter. Aber sie hat mir gedroht, mich nie wieder besuchen zu kommen, wenn ich ihre Hilfe nicht ansatzweise annehmen würde. Da hatte ich dann doch zu viel Angst um meinen geliebten Apfelstrudel aus dem Hause Mama. So habe ich ihr erlaubt, sich hier und da einzumischen und tadaaaa", er drehte sich einmal gestenreich um die eigene Achse, „das ist dabei herausgekommen".

„Dann seid ihr ja ein gutes Team", kommentierte ich das Gesagte und wog im Stillen ab, was wohl schlimmer war: ein gestandener Mann mit sexueller Vergangenheit oder ein apfelstrudelabhängiges Muttersöhnchen.

Ich entschied, dass ich bei einem so tollen Mann, wie Chris einer war, ruhig mal ein Auge zudrücken konnte und beobachtete den Hausherren dabei, wie er Brennholz im Kamin arrangierte und anschließend gekonnt ein Feuer entfachte.

Gott, wie sexy es war, wenn ein Mann Feuer machen konnte. Schon verrückt, was noch so von den Urzeitmenschen in uns steckte. Dabei sollte es doch heute viel anziehender sein, wenn ein Mann sich im Supermarkt zurechtfand oder die Telefonnummer vom Lieferdienst auswendig kannte – das waren immerhin die Überlebensstrategien der Neuzeit. Für alles andere gab es Feuerzeuge und Brennpaste.

Aber wo ich schon einmal das Bild eines hormongeladenen Neandertalers vor Augen hatte, erlaubte ich mir kurz, mir Chris mit freiem Oberkörper und in Lendenschurz vorzustellen. Hm, ja, das könnte mir gefallen. Natürlich nur, wenn er nicht auch seine gepflegten Zähne mit dem vergammelten Gebiss seines Vorfahren tauschte.

„Zeit zum Duschen", riss mich der knackige Urzeitmensch aus meinen Gedanken, zog mich mit sich und bewies mir, dass er in manchen Belangen weiß Gott kein Muttersöhnchen war und mit seinen Händen noch viel mehr anstellen konnte, als Feuer zu machen.

Als ich am nächsten Morgen erwachte, musste ich mich erst einmal zurechtfinden und begreifen, was in den letzen 24 Stunden passiert war.

Chris schlief noch und hielt mich fest umschlungen, als wollte er sichergehen, dass ich mich nicht heimlich vom Acker machte.

Eine völlig unbegründete Sorge, schließlich fühlte ich mich in seiner Nähe so wohl, wie schon lange nicht mehr. Obwohl, herrje, wie spät war es eigentlich? Ich musste doch ins Hotel! Bemüht, Chris nicht aufzuwecken, versuchte ich, mein Handy zu angeln, das auf dem Nachttisch lag. Neun Uhr durch, Mist!

Unwillig befreite ich mich, sprang unter die Dusche, die nach der letzen Nacht nie wieder einfach nur eine Dusche für mich sein würde und beeilte mich mit der morgendlichen Wäsche. Als ich wieder ins Schlafzimmer kam, war Chris auch schon im Gange.

„Guten Morgen", begrüßte ich ihn vorsichtig, unsicher, wie unser Status momentan zu definieren war bzw. ob Chris die Situation wie ich bewertete.

Ich von meiner Seite würde meinen Status bei facebook nach dieser Nacht prompt auf „verliebt und vergeben" ändern, aber wer wusste schon, ob es bei Chris nicht nur für einen „Schöne-Nacht-mit-netter-Frau-gebabt-Post" reichen würde, dem dann 43 Freunde, von denen er gewiss die Hälfte seit seiner Schulzeit nicht mehr gesehen hatte, ein „gefällt mir" gaben.

Aber meine Bedenken schienen wohl unbegründet zu sein, denn Chris zog mich an sich und küsste mich liebevoll auf den Mund, und zwar *VOR* dem Zähneputzen, was erfahrungsgemäß einem Eheversprechen gleichbedeutend war.

„Guten Morgen, meine Süße. Hast du gut geschlafen? Tut mir leid, das Frühstück müssen wir wohl ein andermal nachholen, ich muss in die Firma", sagte er, macht aber keine Anstalten, sich von mir zu lösen.

Ich nickte bedauernd:

„Ich habe prima geschlafen, danke. Und ich muss jetzt leider auch ganz schnell los. Schade um das Frühstück."

Wir schwiegen kurz. Das war jetzt der Moment, in dem sich vieles entscheiden würde. Wie in der obligatorischen „Vor-der-Tür-Szene", in der es nur eine Frage gab: Kuss oder kein Kuss? Sein oder Nichtsein für die auflodernde Beziehung?

Aber wie es aussah, würde ich ungeküsst ins Haus gehen müssen. Chris machte keinerlei Anstalten, Zukunftspläne, wenn auch nur für das nächste Wochenende, mit mir zu schmieden.

Ein wenig enttäuscht, gab ich ihm noch einen Schmatzer auf die Wange:

„Also, dann wünsch ich dir einen schönen Tag. Und danke noch einmal für die tollen Stunden", sagte ich und wollte mich schon abwenden. Aber Chris hielt mich zurück:

„Wie jetzt, das war's schon? Glaub man nicht, dass ich dich gehen lasse, bevor ich nicht genau weiß, wann ich dich wiedersehen darf. Hast du vielleicht Lust, heute Abend was mit mir zu unternehmen? Und jetzt geb ich dir erstmal was zum Anziehen und fahr dich zum Hotel, oder hattest du vor, zurück zu joggen?"

Ganz ehrlich, ich ging nicht durch die Eingangstür der „DünenZeit", ich schwebte.

„Einen wunderschönen guten Morgen", trällerte ich Okka und Stine entgegen, die gerade gemeinsam auf den Bildschirm der Rezeption starrten.

Die beiden blickten erst auf und dann mich irritiert an.

Stimmt, das gab sicherlich ein sonderbares Bild ab: Die Hoteldirektorin schneite morgens um zehn, in einem viel zu großen Jogginganzug und dümmlich grinsend, zur Tür herein.

Okka fand zuerst ihre Stimme wieder:

„Mahlzeit. Na, das scheint ja eine aufregende Nacht gewesen zu sein."

Stines Grinsen bestätigte mir, dass natürlich alle im Hotel über die gestrige Aktion Bescheid wussten.

„Danke, Moni, das zahl ich dir heim", nahm ich mir im Stillen vor, war ihr aber in Wirklichkeit tatsächlich unheimlich dankbar für ihr erfolgreiches Mitwirken am Projekt Traummann.

„Das würdet ihr wohl gerne wissen, was?", ließ ich die Neugierde der Grazien an der Rezi unbefriedigt, wohl wissend, dass man in meinem Verhalten lesen konnte wie in einem offenen Buch.

„Ich werde mir jetzt etwas anderes anziehen und dann begrüße ich die Gäste", sagte ich, nahm auf meiner Wolke sieben Platz und schwebte galant die Treppe hinauf.

Eine knappe halbe Stunde später schwebte ich auch schon wieder herunter, bereit, mich unter die Gäste zu mischen.

Als erstes begegnete mir eine aufgewühlte Frau Stöterau:

„Haben Sie meinen Mann gesehen? Wo treibt sich dieser unnütze Kerl bloß schon wieder rum?", blaffte sie mich an und guckte so vorwurfsvoll, als hätte ich ihren Gemahl eigenhändig entführt, um sie zu ärgern.

„Das tut mir leid", antwortete ich wahrheitsgemäß, „ich habe ihn nicht gesehen. Allerdings bin ich auch gerade erst eingetroffen".

Ihr Gesicht verfinsterte sich noch weiter:

„Das hat man gerne. Arbeitszeiten wie im Schlaraffenland hat die Dame. So gut hätte ich es einmal haben sollen!", richtete sie ihre Wut nun gegen mich.

Innerlich musste ich grinsen. Soweit mir bekannt war (Lotti sei Dank), hatte sich die werte Dame Zeit ihres Lebens nur mit sich selbst und ihrer verwöhnten Tochter Eluise beschäftigen müssen, während ihr Mann als Buchhalter das Geld nach Hause brachte.

Früher hatte Eluise ihre Eltern in den jährlichen Sylt-Urlaub begleitet, und es gab beglaubigte Zeitzeugenberichte, dass Frau Stöterau mit der Aufzucht ihrer Tochter ein Ebenbild ihrer selbst erschaffen hatte. Ein kleines Monster, dem es nichts und niemand recht machen konnte.

Es war Zeit, sich aus der Schusslinie zu begeben, deshalb wünschte ich meinem Gast noch viel Erfolg bei der Suche nach dem werten Gatten und huschte geschwind in den Frühstücksraum.

Hier herrschte eine vollkommene Symphonie aus gutgelauntem Geplapper und gefräßiger Stille.

Ich warf ein kollektives „Guten Morgen" in den Raum und steuerte dann Hertas Tisch in der Ecke am Fenster an.

„Danni, mein Kind", begrüßte sie mich herzlich, wie eh und je, „deine Augen verraten mir, dass du eine schöne Nacht hattest". Sie griente über beide Backen und vergaß vor lauter Neugierde sogar, in ihre mit Marmelade bestrichene Brötchenhälfte zu beißen, welche nun, bereit zur Landung, tropfend in der luftigen Warteschleife hing.

„Jetzt beiß erstmal ab", sagte ich und führte die Semmel zu ihrem Mund. Unwillig nahm sie einen Bissen und kaute, als ginge es um ihr Leben.

„Und im Übrigen haben dir das nicht meine Augen verraten, sondern deine Tratschkumpanin in der Küche", zeigte ich mich durchaus darüber im Bilde, wer heute und gestern das Hauptthema des Flurfunks gewesen war.

Herta schluckte und legte den Rest des Brötchens wieder auf ihren Teller. Für dieses Gespräch benötigte sie scheinbar ihre ganze Aufmerksamkeit.

„Ach, Danni. Lass die alten Weiber man schludern. Im Endeffekt wollen wir doch nur das Beste für dich, und das weißt du auch. Also erzähl, wie war dein Rendezvous mit dem jungen Ingwers?", fragte sie und sah mich erwartungsvoll an.

Jetzt legte ich alle meine Bedenken ab. Sollte doch die ganze Welt erfahren, wie glücklich ich war!

„Es war einfach wundervoll. Fast wie in einem Märchen", strahlte ich, dachte an die vergangene Nacht und überlegte, wie ich Herta beschreiben konnte, was ich fühlte. Dann kam ich darauf, wie es sich am besten zusammenfassen ließ:

„Ich glaube, ich bin verliebt", brach es aus mir heraus, und ich musste erst einmal selber begreifen, was ich da gerade gesagt hatte.

Herta erfasste meine Worte sehr viel schneller als ich und drückte mich begeistert an ihre Brust:

„Juhu, ich werde Oma!", jubelte sie, und ich unterließ es, ihr zu erklären, dass ihre gewagte These nicht nur Ahnenforscher zum Schreien brächte, sondern mit dazugehöriger Indizienkette auch vor Gericht kläglich scheitern würde. Also freuten wir uns einfach eine Weile gemeinsam.

Dann fiel mir wieder ein, weswegen ich eigentlich mit Herta hatte sprechen wollen:

„Sag mal, hast du Herrn Stöterau gesehen? Seine bessere Hälfte sucht ihn. Sicherlich fehlt er ihr, weil sie niemanden hat, an dem sie ihren Frust ablassen kann", erkundigte ich mich bei Lotti.

Diese nickte wissend mit dem Kopf:

„Dir kann ich es ja verraten. Sieh mal in Knuts Schuppen nach. Aber mach die Tür hinter dir zu."

Wie geheimnisvoll! Diesem Hinweis musste ich natürlich sofort nachgehen.

Ich schlich mich also aus dem Haus, als wäre ich Sherlock Holmes in geheimer Mission, und durchquerte den Garten.

Schon bevor ich Knuts Refugium erreichte, vernahm ich gedämpfte Stimmen. Außerdem quoll Qualm aus den Ritzen an der Tür. Herrje, brannte es da etwa? Ich passierte die letzen Meter im Laufschritt und riss die Tür auf.

Dahinter erwartete mich ein Bild für die Götter: Wie zwei Knaben, die man beim heimlichen Rauchen erwischt hatte, saßen da Knut und Herr Stöterau auf Holzkisten zwischen Arbeitsmaterialien und Pflanzen und teilten sich eine glimmende Pfeife. Neben ihnen stand eine Buddel Kümmel-Schnaps. Hier waren die Herren großzügiger als bei dem rustikalen Rauchutensil, so dass jeder über sein eigenes, bis zum Rand gefülltes Glas verfügte.

Mit großen Augen sahen sie mich an. Knut erholte sich als erster von dem Schreck:

„Mensch, Danni. Du bist das. Wir dachten schon du wärst sin Fru!" Er deutete auf Herrn Stöterau, als ob ich sonst nicht gewusst hätte, wen er meinte. „Aber nicht, dass du unser kleines Versteck verrätst. Karl-Heinz braucht auch mal seine Pausen", erklärte er in verschwörerischem Ton.

Ich kreuzte meine Finger, bereit zu einem Schwur:

„Versprochen, Männer. Euer Geheimnis ist bei mir gut aufgehoben. Kostet euch aber einen Köm."

Als ich wieder ins Haus kam, fühlte ich mich leicht beschwippst. Konnte doch gar nicht sein, ein Köm war kein Köm. Lag wohl an der Uhrzeit.

„Kein Schnaps vor Elf", hatte meine Oma Grete immer gesagt. Hätte ich man besser auf sie gehört. Dann wäre nicht nur mein Poschi, dank der empfohlenen

Strick-Woll-Schlüppis, auf die meine Großmutter so geschworen hatte, immer schön warm, sondern auch ich besser auf den Besuch vorbereitet gewesen, der in diesem Moment vorne zur Tür reinschneite.

„Einen wunderschönen guten Morgen. Mein Name ist Roland Hübner von der „Sylter Genuss & Mee(h)r GmbH". Ungefragt drückte der adrett gekleidete Herr mir seine Visitenkarte in die Hand und fuhr fort:

„Wir sind der führende Gourmet-Spezialist auf der Insel und interessieren uns sehr für ein Produkt aus Ihrem Hause." Gespannt forschte er in meinem Gesicht nach einem Zeichen dafür, dass ich ihn einzuordnen wusste. Tat ich aber nicht. Deshalb versuchte ich, Licht ins Dunkel zu bringen:

„Fischer, angenehm. Und was für ein Produkt ist das bitte, das Sie so brennend interessiert?", hakte ich nach.

Der unbekannte Gast verstärkte sein schmieriges Lächeln noch ein wenig und sah mich skeptisch an:

„Nana, jetzt mal nicht so bescheiden, Frau Fischer. Wir beide wissen doch, mit welchem Verkaufsschlager Sie gerade in den Markt drängen. Es geht natürlich um Ihre hausgemachten ‚Birnen-, Bohnen- und Speck-Pasteten'."

Jetzt war ich baff. Ja, die Verkaufszahlen entwickelten sich prächtig, und sogar von der Insel kamen inzwischen Kunden zu uns ins Hotel, um Lottis Kreation für den Eigenbedarf oder als Geschenk zu erwerben. Aber als Verkaufsschlager hätte ich die Pasteten nun nicht betitelt.

Trotzdem: Mit einem guten Vertrieb an der Hand ließe sich bestimmt der ein oder andere Euro an der Delikatesse im Glas verdienen.

„Marke DünenZeit", korrigierte ich Herrn Hübners Ausführungen deshalb. „Ja, das ist unser Verkaufsschlager. Eine Eigenkreation von höchster Qualität. Sozusagen Tradition im Glas", rührte ich großspurig die Werbetrommel.

Herr Hübner nickte eifrig:

„Gewiss. Ihre Pasteten sind bereits in aller Munde. Wenn Sie mir den Wortwitz entschuldigen." Er lachte ausgiebig, bevor er bereit war fortzufahren:

„Der Bürgermeister von Friesum persönlich hat mich auf den Erfolg Ihres Produktes hingewiesen. Als guter Kunde weiß er, was in unser Portfolio passt."

Ich konnte kaum glauben, was ich da hörte. Der Bürgermeister steckte dahinter? Hatte seine Frau ihm also tatsächlich die Leviten gelesen! Seit der Ernennung von Angela Merkel zur Bundeskanzlerin war ich nicht mehr so stolz auf das weibliche Geschlecht gewesen wie in diesem Augenblick.

„Ja, der Bürgermeister hat wirklich einen ausgezeichneten Geschmack", antwortete ich noch leicht benommen und nahm mir vor, dieser Liesel ganz bald einen Besuch abzustatten. Sicherlich gehörte sie auch zu den nordfriesischen Teufelsweibern, wie Lotti und Herta welche waren.

„Sie würden mir doch sicher eine Kostprobe gestatten?", fragte Herr Hübner mit unüberschaubarer Vorfreude.

Schöner Job, den er da hatte. Hauptberuflich Spezialitäten-Verkoster – warum war mir das nicht eingefallen, als es damals Zeit für die Berufswahl wurde? Obwohl, vielleicht wäre das gar keine so gute Idee gewesen. Bei meiner nicht vorhandenen Selbstbeherrschung, hätte ich wahrscheinlich heute die goldene Kundenkarte bei Ulla Popken und das dringende Bedürfnis, meine Füße sehen zu können, ohne dafür in einen Spiegel blicken zu müssen.

„Selbstverständlich. Und natürlich werde ich Ihnen auch unsere Küchenperle vorstellen, ohne die es die Pasteten nie gegeben hätte", antwortete ich und bat ihn, mir zu folgen.

Gemeinsam gingen wir in die Küche, wo Lotti und Stine gerade mit den morgendlichen Aufräumarbeiten nach dem Frühstücksbuffet beschäftigt waren.

„Darf ich mal kurz um eure Aufmerksamkeit bitten?", unterbrach ich das geschäftige Treiben.

„Das hier ist Herr Hübner von der Sylter Genuss & Mee(h)r GmbH. Auf der Suche nach Spezialitäten für sein Unternehmen ist er auf unsere ‚Birnen-, Bohnen- und Speck-Pastete' gestoßen und möchte diese nun eventuell in seine Produktpalette aufnehmen."

Stine machte große Augen: „Scheiß die Wand an", sagte sie und schob schnell ein „sorry" hinterher, als sie merkte, dass die Ausdrucksweise vielleicht besser in einen Jugendtreff für auffällige Pubertierende als zu einem geschäftlichen Gespräch passte.

„Herr Hübner, darf ich vorstellen: Das ist Lotti Lornsen, die Schöpferin unserer Pasteten, und das ist Stine

Nissen, unsere manchmal etwas vorlaute Auszubildende." Ich bedachte Stine mit einem vernichtenden Blick und beschloss, ihr lieber eine sinnvolle Aufgabe zu geben, bevor sie noch mehr Schaden anrichten konnte:

„Stine, sei doch so gut und hole uns ein Glas aus der Vorratskammer. Herr Hübner würde sich gerne selber ein Bild vom Geschmack machen."

Sofort huschte unser Azubi aus dem Raum, während Lotti unseren Gast bat, es sich am runden Küchentisch gemütlich zu machen.

„So so, Sie sind also die Küchenfee, von der Frau Fischer gesprochen hat", sagte er zu Lotti. „Darf ich fragen, wie Sie auf die Idee zu Ihrer Pastete gekommen sind?"

Jetzt war Lotti in ihrem Element. Rezepte waren eine ihrer größten Leidenschaften, und wenn sie darüber sprechen durfte, gab es kein Halten mehr:

„Das war eher ein Zufall. Eigentlich sind wir darauf gekommen, als wir das Buffet für unsere Eröffnungsfeier geplant haben. Heute muss ja immer alles fürchterlich schick und ‚angesagt' sein", führte sie aus und betonte das „angesagt", als wäre es eine ansteckende Krankheit. Vielleicht hatte sie damit ja sogar ein bisschen recht. „Aber der Grund, warum uns unsere Gäste jedes Jahr wieder besuchen, ist doch, dass sie die Insel lieben, wie sie ist", fuhr sie fort, „mit ihrer Geschichte und ihren Traditionen. Also haben wir uns überlegt, dass man das doch wunderbar kombinieren könnte. Bewährtes im neuen Gewand eben." Stolz blickte sie Herrn Hübner an, welcher anerkennend und zustimmend nickte.

„Ganz recht, ganz recht", überlegte er laut, „ich könnte mir sogar vorstellen, dass das ein ganz großer Markt sein könnte. Da ließe sich doch sicherlich so einiges in eine moderne Hülle packen, oder was meinen Sie, werte Frau Lornsen?" Gespannt sah er Lotti an.

Diese kräuselte nachdenklich ihre Lippen und erwiderte dann:

„Das kann man ganz sicher. Ich hätte da auch sofort etliche Ideen. Vielleicht …"

„Moment, Moment", unterbrach ich die zwei in ihrer Euphorie. „Jetzt lassen wir unseren Gast doch erst einmal die ‚Birnen-, Bohnen- und Speck-Pastete' kosten. Danach können wir uns gerne über weitere Kreationen unterhalten".

Just in diesem Moment kam auch Stine wieder in die Küche, und Lotti begann, die Leckerei kunstvoll auf Kräckern, Pumpernickel und pur auf einem Löffel anzurichten. Anschließend servierte sie dem Fachmann ihr Werk.

Herr Hübner nahm mit spitzen Fingern eines der Häppchen und betrachtete es interessiert von allen Seiten.

Anschließend roch er ausgiebig daran und genehmigte sich dann einen mini-kleinen Bissen.

Gespannt beobachteten wir akribisch jede seiner Bewegungen. Als er jetzt anfing, das Teilchen gegen das Licht zu halten, wurde es Lotti zu bunt.

„Mensch, Jung. Nun beiß doch mal richtig ab, damit du auch was schmecken kannst. Wir sind doch hier nicht beim Austernschlürfen in Kampen!"

Der selbsternannte Gourmet schaute zuerst ein wenig pikiert, und ich hielt vor Schreck die Luft an. Dann aber entspannten sich seine Züge deutlich, und mit einem herzhaften Biss verschlang er erst das erste Häppchen, dann das zweite und schließlich auch den Rest. Mit einem kleinen Rülpser beendete er seine Orgie und lächelte entschuldigend, aber zufrieden in die Runde.

„Köstlich, einfach köstlich", gab er sein durchweg positives Urteil ab. „Magnifique und doch rustikal. Absolut am Puls der Zeit. Die Kunden werden es lieben!"

Lotti strahlte über das ganze Gesicht. Man merkte ihr deutlich an, wie sehr sie sich über die wohlwollende Bewertung freute. Und ich freute mich auch. Für Lotti und für die „DünenZeit".

„Also, meine Damen. Dann darf ich mich empfehlen. Frau Fischer, ich werde Sie in den nächsten Tagen anrufen, damit wir über die Vertragsmodalitäten reden können. Wir werden Ihre Pastete ganz groß rausbringen, das sage ich Ihnen." Er erhob sich und gab Lotti die Hand:

„Und Ihnen möchte ich sagen, dass Sie eine wahre Künstlerin sind. Bitte denken Sie über weitere Kreationen nach und präsentieren mir die Ergebnisse, wenn Sie soweit sind. Vielleicht gelingt es uns, eine ganze Serie Marke „DünenZeit" auf den Markt zu bringen."

Mit seinem Aktenkoffer in der Hand verließ er die Küche. Wir drei Damen blickten uns einen Moment ungläubig an. Dann fingen wir laut an zu kreischen, umarmten uns und führten hüpfend einen Freudentanz auf.

Die Saure-Gurken-Zeit war vorbei. Die Firma Sylter Genuss & Mee(h)r GmbH war in Norddeutschland Marktführer in Sachen Delikatessen und mit ihren Produkten bundesweit in nahezu allen Supermärkten vertreten. Mit einer eigenen Produktserie würde sich unser Bekanntheitsgrad von heute auf morgen enorm erhöhen. Ab sofort spielte die „DünenZeit" mit ihrem gut aufgestellten Team in der Oberliga.

Ich beschloss, sofort Herrn Grotelüschen anzurufen und ihm unseren Erfolg unter die Nase zu reiben. Der würde schon noch merken, was er an mir hatte – auch wenn es dafür ein wenig Eigenwerbung bedurfte.

Schon am frühen Nachmittag fieberte ich dem Abend entgegen. In ein paar Stunden würde ich Chris wiedersehen, und allein der Gedanke daran brachte mein Blut in Wallung.

Wir hatten abgemacht, gemeinsam mit Moni und Thies zu kochen. Unser erster Pärchenabend sozusagen. In dieser Viererkombination wohlgemerkt. Mit Moni und unseren jeweiligen Partnern gab es da schon mehrere solcher Veranstaltungen.

Bei der ersten waren wir etwa vier Jahre alt, unsere gleichaltrigen Freunde hießen Tom und Sven, die Location war ein Sandkasten, und zum Menü wurde ein zwar liebevoll in Förmchen zubereiteter, aber furchtbar schmeckender Kuchen gereicht.

Etwa zwanzig Jahre später kamen wir mit neuen Partnern abermals zu einem Kochabend zusammen. Das Ergebnis war, dass Moni und ich an den Kochtöpfen unser Bestes gaben, während die Männer biertrinkend an der Play-Station zockten. Interessenkonflikt nannte man so etwas wohl.

Heute Abend würden das Essen hoffentlich weniger sandig und die Männer weniger pubertär als damals sein.

Unschlüssig stand ich vor meinem Kleiderschrank und stellte einmal mehr fest, dass man trotz Kleiderbügelnotstands so rein gar nichts zum Anziehen haben konnte. Was trug man zu so einer Kombination aus zweitem Date und lustigem Pärchenabend? Wie kombinierte man schick mit leger, ohne dabei weder over- noch underdressed zu wirken?

Ich entschied mich schließlich für eine enge dunkle Jeans, hohe Stiefel und eine helle Bluse mit farbigem Aufdruck. Das ging immer.

In diesem Moment hupte es auch bereits unten im Hof. Schnell legte ich noch passenden Modeschmuck an und polterte die Treppe runter.

Unten am Absatz kollidierte ich beinahe mit Herrn und Frau Stöterau, die wohl gerade auf dem Weg zu ihrem Zimmer waren.

„Können Sie denn nicht aufpassen?", bekam ich auch sofort mein Fett von dem liebenswertesten aller Gäste weg.

Ich hielt kurz inne:

„Entschuldigen Sie bitte vielmals", entgegnete ich knapp, „aber ich habe es furchtbar eilig. Ich wünsche Ihnen einen wundervollen Abend".

„Tststs, diese jungen Dinger. Immer auf dem Sprung. So, als müssten sie täglich die Welt retten", reagierte Frau Stöterau äußerst verständnisvoll auf meine Worte. Ich war schon fast zur Tür heraus, trotzdem vernahm ich noch, wie ihr Mann ihr zuraunte:

„So stürmisch warst du früher auch mal. Kein Grund, sich gleich wieder aufzuregen."

Unauffällig schaute ich mich um und wartete auf die drohende Explosion. Doch Frau Stöterau riss nur ihre Augen weit auf, drehte sich auf dem Absatz um und stieg die Treppe empor.

In mir machte sich ein Gemisch aus Stolz und Anerkennung breit. Das waren sie: die Helden des Alltags. Sie lebten unerkannt mitten unter uns; schlugen ihre Schlachten, ohne groß Aufsehen zu erregen und ohne dafür in die Geschichtsbücher einzugehen. Ich zwinkerte meinem Hero verschwörerisch zu, und er blinzelte schief grinsend zurück. Klar, dass er sich nicht wirklich freuen konnte. Trotz kleiner Siege hatte er den großen Kampf in der Ehe-Arena längst verloren.

Wieder fiel mir meine Omi ein:

„Augen auf beim Männerkauf", hatte sie immer gesagt, „sind sie nämlich erstmal gebraucht, kann man sie nicht zurückgeben, so sehr man es auch gerne würde." Ich hatte mich immer gefragt, woher sie wohl diese Erkenntnis nahm, schließlich war sie seit ihrem achtzehnten Lebensjahr mit meinem Opa verheiratet und, so machte es zumindest nach außen den Anschein, auch glücklich gewesen.

Gut, sicherlich hatte es ihr nicht immer gefallen, dass er sich lieber mit den ungelösten Fällen eines Eduard Zimmermanns oder dem schauspielerisch wertvollen Glockenspiel leicht bekleideter Darstellerinnen zu späterer Stunde beschäftigte als mit seiner Ehefrau. Aber musste ein Mann, der immer Karamel-Bonbons in seiner linken Jackentasche aufbewahrte, nicht einfach jeden rundum glücklich machen? Also, bei mir hatte es als Kind funktioniert. Heute erwartete ich allerdings auch mehr von einem Mann als die ununterbrochene Versorgung mit in Form gepresstem Zucker. Apropos. Da stand Chris auch schon, leger an seinen Kombi gelehnt. Da ich wusste, dass er weder Bestatter noch Surfer war, schloss ich von seinem Wagen darauf, dass er ein Familienmensch sein musste – Wunschdenken hin oder her.

Mein Herz schlug Purzelbäume. So aufgeregt war ich zuletzt gewesen, als mich meine Freundinnen auf meinem dreißigsten Geburtstag zwingen wollten, in meinem sowieso schon völlig peinlichen Bunny-Kostüm Karaoke zu singen.

Jetzt löste sich Chris aus seiner Position und kam auf mich zu:

„Hi", sagte er schüchtern und gab mir einen gehauchten Kuss.

„Hi", erwiderte ich, während die Schmetterlinge in meinem Bauch einen „Harlem Shake" performten, und stieg schnell in den Wagen, bevor ich noch vor lauter Flatter-Getier im Magen abzuheben drohte.

Gemeinsam fuhren wir zu dem Hof von Moni und Thies. Die beiden erwarteten uns schon, mit den Lütten vor den Füßen, an der Tür.

„Hallo, Freunde! Kommt rein", begrüßte uns Moni, „die Kinder wollten unbedingt noch aufbleiben, um euch ‚Hallo' zu sagen".

Schon hingen Nele und Piet an unseren Beinen und freuten sich über den späten Besuch.

„Na, das passt doch ganz prima", sagte Chris. „Dann bringen wir euch jetzt ins Bett, und da gibt es eine Gute-Nacht-Geschichte. Einverstanden, Danni?"

Gut, nach dem Tag hätte ich mich auch über ein ruhiges Gläschen Wein auf dem Sofa gefreut, aber was tat man nicht alles, um mit seinem Liebsten zusammen zu sein. Und ihn so zu sehen, löste in mir zärtliche Gefühle aus, die sich nur mit dem tief in mir schlummernden Mutterinstinkt erklären lassen konnten.

„Also gut, dann starten wir den Flug ins Betti", antwortete ich, griff mir Piet und hob ihn in die Höhe.

„Ihr entschuldigt uns kurz?", wendete ich mich an die Hausherren.

„Na, wenn ihr so nett fragt", witzelte Thies, und schon schob er seine Frau durch die Tür ins Wohnzimmer. Die beiden konnten es wohl gar nicht erwarten, den elterlichen Pflichten mal für einen Moment zu entkommen.

Mit den Lütten auf den Armen erklommen wir also die Treppe und machten es uns alle gemeinsam in Neles Bett gemütlich.

Chris stand auf und machte sich am Bücherregal zu schaffen: „Und ihr Süßen, welche Geschichte darf es sein? Die Häschenschule vielleicht? Oder Janosch?"

„Neeee", kam es von der vereinten Kinderfront, „Prindessin Lillifee!"

Chris kräuselte die Stirn. „Prinzessin Lillifee? Wer ist denn das?", fragte er.

Völlig entrüstet schaute Nele ihn an:

„Kenn du nich Prindessin Lillifee? Die wohn in an Sloss und hat an Taubertab."

Interessiert hört sich Chris an, was Nele zu sagen hatte. Dann gab er nach:

„Na, wenn die Prinzessin sogar einen Zauberstab hat … Dann darf aber Danni lesen, die hat die bessere Prinzessinnen-Stimme."

„Jaaaaa!", gaben sich die Kinder begeistert, und schon tauchten wir ein in die Welt der Prinzessin Lillifee, die sich mit ihren tierischen Freunden auf die Suche nach einem Bergkristall machte, um ihrem kranken Freund ‚Pupsi', einem Schwein, zu helfen.

Schon bei Seite fünf fielen den Kleinen die Äuglein zu. Leise schloss ich das Buch, während Chris sich um das Zudecken kümmerte. Ganz klar, wir waren ein prima Team.

Stolz, die kleinen Bestien gezähmt zu haben, kamen wir die Treppe runter. Moni und Thies hatten bereits begonnen, das Gemüse zu schnippeln.

„Und, schlafen die Süßen?", fragte Mutti Moni und reichte uns jeweils einen gläsernen Kelch mit dem obligatorischen Kochwein.

„Jep, es gab einen Freifahrtschein ins Traumland", erwiderte Chris und nippte an dem Traubensaft für Erwachsene. Ich tat es ihm gleich und merkte, wie bereits mit dem ersten Schluck die Aufregung von mir abfiel. Hier, in der gemütlichen Landhausküche meiner Freunde, fühlte man sich sofort heimelig und wohl. Kein Ort für schlechte Gefühle, Sorgen oder Ängste.

„Also, was kann ich tun?", zeigte ich mich aktionsbereit und zog ambitioniert ein Messer aus dem Küchenblock.

„Wenn du so fragst – die Garnelen müssen noch entdarmt werden. Es gibt Nudel-Fisch-Pfanne aus dem Wok", wies mir meine Freundin eine Aufgabe zu, die beim „Familien-Duell" mit Werner Schulze-Erdel bestimmt unter den TOP 5 der unbeliebtesten Aufgaben in der Küche gelistet gewesen wäre.

„Einer muss es ja machen", gab ich mich geschlagen und widmete mich dem länglichen Verdauungsorgan der zierlichen Meeresbewohner.

Die Männer hatten sich währenddessen in ein Gespräch über ihr Lieblingsthema Fußball vertieft und vergaßen darüber ganz – Multitasking-Sperre sei Dank – die Karotten, für deren Zerkleinerung sie zuständig waren.

Soviel hatte sich anscheinend in den letzten zehn Jahren nicht verändert. Obwohl doch: Moni war jetzt verheiratet und somit weisungsbefugt. Schon schmiss sie ihrem Mann ein Handtuch an den Kopf:

„Ey, ihr Machos! Seht mal zu, dass ihr das Gemüse zerlegt. Sonst kommen wir nie auf die Couch."

Das Argument zog, und schon wurde auch an der XY-Chromosomen-Front eifrig gewerkelt.

Heimlich beobachtete ich Chris, wie er doch recht geschickt mit dem Messer umging. Dabei schaute er so konzentriert, als würde die Weltsicherheit davon abhängen, wie präzise er die Möhren schnitt. Ab und zu sah er zu mir rüber und legte dabei soviel Zärtlichkeit in seinen Blick, dass es mir jedes Mal heiß und kalt den Rücken runterlief.

Keine halbe Stunde später saßen wir vor unseren üppig gefüllten Tellern und wünschten uns gegenseitig einen guten Appetit. In der Atmosphäre des Bauernhauses schmeckten die Nudeln gleich noch mal so gut. Schelmisch linste Moni zu uns rüber:

„Und, darf man den Turteltäubchen gratulieren?", fragte sie kauend.

„Gratulieren? Wozu?", zeigte sich Chris begriffsstutzig.

„Na, seid ihr jetzt fest zusammen?", präzisierte unsere Freundin ihre Anfrage, gerade heraus wie eh und je.

Chris und ich schauten uns fragend an. Tja, so genau hatten wir uns darüber noch nicht unterhalten. Und ich würde sicher nicht vorpreschen und mitten im Fettnäpfchen landen.

Als würde er meine Misere erahnen, nahm Chris meine Hand und lächelte:

„Wenn es Teil des öffentlichen Interesses ist, bitte. Dann frage ich dich jetzt ganz offiziell: Danni, willst du mit mir gehen?"

Alle am Tisch lachten, ob der kindlichen Wortwahl.

Gerne war ich bei diesem Spielchen dabei und tat so, als würde ich überlegen:

„Hmmm, ich denke, ich mache mein Kreuzchen bei ‚ja'", entschied ich mich dann dafür, fortan Teil einer Beziehung sein zu wollen, und besiegelte das ganze mit einem langen, innigen Kuss.

„Das muss gefeiert werden!", jubelte Moni und holte eine Flasche Sekt und Gläser aus dem Regal neben dem Esstisch. Hatte sie das etwa vorbereitet? Zuzutrauen war es ihr allemal.

Sie schenkte uns großzügig ein und erhob ihren Kelch:

„Trinken wir darauf, dass unsere besten Freunde zueinander gefunden haben. Prosit!" Wir stießen an und ließen das Prickelwasser einen Moment auf uns wirken.

„Wie geht es eigentlich Lotti und Knut?", fragte Moni dann. „Kommen die beiden gut zurecht mit den ganzen Neuerungen im Hotel? Ist ja doch eine ordentliche Umstellung nach all den Jahren Betrieb unter den Jansens."

Ich strich mit dem Finger über den Rand meines Glases:

„Komischerweise nehmen sie die Veränderungen mit einer immensen Leichtigkeit auf. Okka zum Beispiel hat da viel mehr Probleme mit den ganzen Neuerungen. Vielleicht hat sie aber auch nur ein Problem mit mir persönlich, wer weiß", sinnierte ich.

Thies lachte:

„Ach, um Okka würde ich mir keine Sorgen machen. Die war schon immer ein wenig schwierig mit ihrem nordfriesischen Dickschädel. Hat sich aber immer wieder einbekommen. Und dass Lotti und Knut sich leicht tun, kann ich mir auch vorstellen. Die zwei haben immer alles so genommen, wie es eben gekommen ist." Er machte eine kurze Pause, bevor er fortfuhr: „Das Leben hat sie manchmal in verschiedene Richtungen geweht, und doch haben sie immer wieder zueinander gefunden."

Ich wurde hellhörig, und das Gespräch mit Knut kam mir wieder in den Sinn:

„Stimmt, ich kenne die Lebensgeschichten", sagte ich. „Sie sind sehr eng miteinander verbunden. Und ich glaube auch, dass da mehr ist als nur Freundschaft."

Moni verschluckte sich an ihrem Sekt:

„Wem sagst du das? Das steht ihnen doch dick auf die Stirn geschrieben! Trotzdem tänzeln sie seit Jahrzehnten umeinander herum wie Rumpelstilzchen um das Feuer."

Witzig. Ich hätte meine Eindrücke nicht besser beschreiben können. Aber wenn es wirklich so sein sollte, dass romantische Gefühle im Spiel waren, dann musste doch ein Happy End möglich sein? Spontan fasste ich einen Entschluss und verkündete ihn der Runde:

„Und genau damit machen wir jetzt Schluss. Es wird Zeit, dass Lotti und Knut endlich zueinander finden! Und ich weiß auch schon, wer meine Komplizen sein werden."

Meine Freunde hatten sich sofort damit einverstanden erklärt, die Mission „Lotti und Knut in love" zu unterstützen.

Moni war alsgleich losgestürzt und hatte Block und Stift für ein Brainstorming geholt. Die anschließende Ideensammlung war zu großen Teilen unbrauchbar, aber immerhin hatten wir unseren Spaß bei dem Kreativ-Workshop in Sachen Liebe.

Von einem gemeinsamen Body-Painting-Seminar bis hin zum „eingesperrt sein" auf einem trockengefallenen Boot im Wattenmeer war alles dabei. Schlussendlich einigten wir uns dann aber doch auf eine Variante, die mehr dem Alter der zu Verkuppelnden entsprach:

Ein einsamer, romantisch geschmückter Strandkorb sollte unseren Oldies und ihrer Liebe auf die Sprünge helfen.

Auch Okka und Stine sollten bei dieser Aktion dabei sein – immerhin waren sie ein Teil unserer kleinen Hotelfamilie. Außerdem erhoffte ich mir, Okka näher zu kommen, indem ich sie ins Vertrauen zog. Gleich am nächsten Tag wollte ich sie einweihen.

Aber zuerst einmal würde ich den Abend genießen. In den Armen meines offiziellen, neuen, äußerst knackigen Freundes.

Am nächsten Morgen holte ich Stine und Okka gleich nach dem Frühstücksbuffet in mein Büro.

Lotti war in der Küche beschäftigt, und Knut werkelte, wie eigentlich immer, im Garten herum. Das war die Gelegenheit, in Ruhe über meine Pläne zu sprechen.

Stine machte es sich in einem der Stühle vor meinem Schreibtisch gemütlich, während Okka so aufgerichtet Platz nahm, als hätte man ihr eine Stuhllehne in den Rücken verpflanzt.

„Guten Morgen, meine Lieben", begann ich verschwörerisch. „Ich habe ein Attentat auf euch vor."

Ich beschrieb kurz, worum es ging und was wir uns den Abend zuvor überlegt hatten. Als ich fertig war, wartete ich gespannt auf eine Reaktion.

„Fett!", sagte Stine. „Das ist ja wie Kai Pflaume für Rentner."

Wenig charmant, aber im Kern hatte sie begriffen, worum es uns ging.

Okka war da weniger enthusiastisch, pflichtete mir aber bei, dass Handlungsbedarf bestand:

„Ehrlich gesagt, bin ich auch der Meinung, dass die beiden sich mal eingestehen sollten, dass sie sich lieben. Das sieht doch ein Blinder mit Krückstock."

„Genau", bestätigte ich, „Butter bei die Fische! Also, seid ihr dabei?"

Stine sprang von ihrem Stuhl auf und hielt mir ihre Hand entgegen: „Dabei!", rief sie und erwartet wohl, dass ich abklatschte.

„Und du, Okka?", fragte ich vorsichtig nach und bereitete mich mental schon mal auf eine Absage vor.

Doch da hatte ich mich getäuscht:

„Dabei", sagte auch sie mit fester Stimme und hielt mir ebenfalls, wenn auch etwas unbeholfen, ihre Hand entgegen.

Freudig klatschte ich beide ab, bevor wir uns in die Detailplanung der Aktion begaben. Am Ende hatten wir nicht nur den genauen Ablauf, sondern auch den Termin festgelegt:

Der 1. Mai sollte, so es das Wetter denn zuließ, der erste Tag im neuen Leben von Knut und Lotti werden.

Drei Tage später war es soweit und alles generalstabsmäßig vorbereitet. Sogar Petrus war instruiert und schickte tatsächlich strahlenden Sonnenschein und milde Temperaturen.

Es war früher Nachmittag, und gleich würden wir Lotti und Knut entführen.

Damit die zwei auch verfügbar waren, hatte ich extra eine Teambesprechung erfunden und Herta gebeten, solange an der Hotelrezeption einzuspringen, wie der Strandeinsatz eben dauerte.

Später, wenn die „Mission Liebe" hoffentlich geglückt war, wollten wir gesammelt (sogar inklusive der Gäste) zum Strand hinunter gehen, und das glückliche Pärchen überraschen. Einen Plan B gab es nicht, also MUSSTE alles klappen.

Hibbelig drückten sich Okka, Stine und ich vor meinem Büro herum, als Lotti sich zu uns gesellte.

„Na, miene Seuten, was lungert ihr hier rum? Hab ich was verpasst?" Argwöhnisch guckte sie in die Runde. „Nöööö", antworteten wir unisono und nicht sonderlich glaubhaft. Mist, wir durften jetzt keine Fehler machen. Also riss ich mich zusammen:

„Wir werden unsere Besprechung heute am Strand durchführen. Weil es so ein schöner Tag ist", log ich, ausnahmsweise ohne rot zu werden.

Lottis Skepsis nahm ein wenig ab. Die Kuh hatte ich wohl vom Eis geholt.

Jetzt kam auch Knut hinzu und vervollständigte unser Grüppchen. Ich klärte ihn kurz auf, und dann starteten wir Richtung Strand. Wir nahmen den kurzen Weg durch den Garten und über die Dünen.

„Bitte folgt mir", wies ich unsere Formation an, und so bahnten wir uns einen Weg entlang des seeseitigen Dünenfußes. Weil wir uns ein besonders schönes und ruhiges Fleckchen ausgesucht hatten, waren es bis zur Location einige Fußminuten.

„Wo führst du uns eigentlich hin?", fragte Lotti genau in dem Moment, in dem ein gutes Stück vor uns ein einsamer Strandkorb, umrahmt von einem riesigen Herz aus Muscheln, auftauchte.

Die sonst so mundagile Lotti sagte keinen Ton mehr, und gemeinsam näherten wir uns still dem Ziel.

Bald standen wir direkt vor dem Liebesnest und beobachteten, wie Lotti und Knut über unser Werk staunten: Das Geflecht hatten wir liebevoll mit frischen Rosen dekoriert, innen sorgten Kuscheldecken für Gemütlichkeit. Vor dem Korb stand ein kleiner Klapptisch mit Sektgläsern, Schampus, Weintrauben und einem geheimnisvollen Umschlag. Umrahmt wurde das Bild mit der klassischen Musik alter Meister, die sich aus kleinen Lautsprechern ergoss.

Noch immer hatte keiner ein Wort gesagt. Behutsam nahmen wir das Kuppelpaar in die Mitte und geleiteten es zum exklusiven Strandkorb.

„Bitte, Platz zu nehmen", nahm ich den Ton eines Oberkellners an und machte mich daran, die Flasche zu entkorken.

„Aber, aber …", hob Lotti an, wurde jedoch von mir mit einem „Psssst" unterbrochen.

Auch Knut wirkte völlig verdattert und ahnungslos.

„Könnt ihr uns mal erklären, was hier los ist?", polterte er aus Hilflosigkeit ein bisschen heftiger als gewollt. Aber uns konnte er damit nicht einschüchtern:

„It's showtime", antwortete Stine, und ich fügte hinzu:

„Lest den Brief, dann seid ihr im Bilde."

Und damit überließen wir die Protagonisten unserer inszenierten Liebesaufführung sich selbst und einander.

Als wir weit genug entfernt waren, schlugen wir uns in die Dünen und beobachteten gespannt, was geschehen würde.

Wir sahen, dass Knut den Brief öffnete. Dann schien er Lotti das Geschriebene vorzulesen, und in meinem Kopf hallten die von uns Amateur-Dichtern mühevoll kreierten Zeilen, die die beiden gerade zum ersten Mal zu hören bekamen:

Vor vielen Jahrzehnten machtet ihr fest,
auf einer Insel, die niemanden unberührt lässt.

Von Sylt begleitet, geliebt und geführt,
habt ihr gegenseitig die Herzen berührt.

Wart immer zusammen, mal nah und mal fern,
kostbar jede Sekunde - ihr hattet euch gern.

Die Jugend ist nun lange her,
das Haar wird grau, die Glieder schwer.

Doch eure Herzen – warm und weit,
suchen die Liebe nach langer Zeit.

Lasst es geschehen, das Wunder wird wahr,
aus Knut und Lotti wird endlich ein Paar!

Was jetzt passierte, war privat und sollte nur unserem Pärchen im Strandkorb gehören. Also zogen wir uns langsam zurück. Ein letzter Blick zeigte mir allerdings, dass Knut und Lotti Händchen hielten, wie sie es sicher auch schon vor einem halben Jahrhundert in ihrer ersten kindlichen Liebe getan hatten.

Der Anblick rührte mich zu Tränen, und ich stoppte Okka und Stine, damit sie ebenfalls Zeugen dieser berührenden Zärtlichkeit werden konnten. Gemeinsam blieben wir noch eine ganze Weile stehen und genossen dieses Bild voller Harmonie. Dann staksten wir zurück zum Hotel, um unseren gemeinsamen Triumph in Sachen Liebe gebührend zu feiern.

Epilog

Inzwischen ist es Sommer geworden. Wahnsinn, wie die Zeit vergangen ist und wie viele Gäste ich inzwischen habe kommen und gehen sehen.

Gerade heute hatten wir wieder einen großen Bettenwechsel, und mir dröhnt der Kopf von den vielen Begrüßungen und Verabschiedungen.
Ich beschließe, mir die Brummkugel oberhalb meiner Schultern am Meer freiwehen zu lassen, und steige in meine Sportschuhe.
Am Strand ist ein guter Betrieb, und die nachmittäglichen Sonnenanbeter zeigen sich ein wenig verwundert darüber, dass ich mich im tiefen Sand abrackere, anstatt es ihnen gleichzutun.
„Relaxen kann ich später, jetzt ist erstmal Sport dran", zeige ich mich motiviert und versuche, mich nicht vom nachgiebigen Untergrund klein kriegen zu lassen.
Nach gefühlten Kilometern, in denen ich aber lediglich einen Strandabschnitt passiert habe, gebe ich mich geschlagen und gönne mir eine Pause. Geschafft lasse ich mich in den Sand fallen und horche auf das laute Wummern meines Pulses.
Um mich herum ist es ganz ruhig. Einzig das Meer, der Wind und das Geschrei der Möwen begleiten meinen Herzschlag.
„Meine Küsten-Symphonie", denke ich gerührt, atme tief die salzige Seeluft ein und entspanne merklich.

Mein Blick fällt auf den Horizont, und ich erinnere mich an das Gespräch, das ich mit Knut führte, als es mir in meinen Anfängen auf Sylt gar nicht gut ging.

Ist es wirklich erst einige Monate her, dass ich so mit meinem Schicksal haderte? Ich habe plötzlich das Gefühl, dass nichts mehr ist, wie es vor Kurzem noch war. Bin am Ende ich es, die sich verändert hat?

Nach den ersten Startschwierigkeiten entwickelt sich die „DünenZeit" inzwischen prima – so gut sogar, dass Herr Grotelüschen die Berichterstattung von wöchentlich auf monatlich ausgedünnt hat (und das soll schon was heißen!).

Auch im Dorf läuft es super. Beim Hoteliers-Stammtisch bin ich seit Petersens Entschuldigung ein gern gesehener Gast, und mit Susanne Dietrich, der Nachfolgerin der Pension „Wattperle" im Süden Friesums, erhöhen wir mittlerweile auch die Frauenquote der Runde merklich.

Ich lache auf, als ich daran denke, wie wir beim letzen Treffen den Herren der Schöpfung beim Thema „Frauen in Führungspositionen" zeigten, was sie unter Frauenpower zu verstehen haben. Am Ende traute sich keiner mehr, eine Meinung zu äußern, die nicht dem modernen Frauenbild entsprach, und Sanne und ich genehmigten uns erstmal ein Herrengedeck (Bier und Korn) auf diesen Sieg der Emanzipation.

Die Rechnung ging natürlich auf die Männer, soweit musste man die Gleichberechtigung ja nun auch wieder nicht treiben.

Und unsere Pasteten erst! Die erleben einen Höhenflug ungeahnten Ausmaßes. Lotti hat das Sortiment ausgeweitet, und ich muss jetzt als Konsequenz täglich aufpassen, dass mir unsere Perle nicht von der Konkurrenz abgeworben wird. Obwohl … da brauch ich mir eigentlich gar keine Sorgen zu machen, immerhin gibt es für sie mit Knut inzwischen einen zusätzlichen Grund, der „DünenZeit" treu zu bleiben. Jeden Tag aufs Neue zeigen sie uns, wie schön die Liebe im Alter sein kann. Letztens habe ich sie sogar dabei beobachtet, wie sie heimlich im Geräteschuppen rumturtelten wie Teenager. Und jeden Dienstag besuchen sie „ihren Strandkorb". Dann sitzen sie da, halten Händchen und schauen stundenlang aufs Meer. Tja, und dann ist da ja auch noch Chris. Mein Chris. Wir sind wohl das, was man landläufig (und auch am Meer) ein Traumpaar nennt. Gut, man weiß nie, was kommt, aber ich bin da bös optimistisch, dass wir auch in Zukunft gemeinsam über die Insel toben werden.

Erst gestern hat er mich wieder einmal überrascht. Die Idee aus unserem Liebes-Workshop in Sachen Knut und Lotti wollte er wohl nicht verfallen lassen, und so fand ich mich doch tatsächlich auf einem trockengefallenen Bötchen mitten im Wattenmeer wieder.

Gott sei Dank versüßten mir Chris und ein Picknickkorb den Aufenthalt. Naja, und da man so einsam im Watt außer ein paar Krabben, Würmern und Vögeln keine Zuschauer hat, verging die Zeit bis zur nächsten Flut auch wie im Flug. Im Höhenflug nämlich.

Jetzt kann ich nur hoffen, dass er nicht auch noch auf die Idee kommt, mich zum Body-Painting zu schleppen.

Ganz ehrlich, ein Strauß Blumen tut es doch manchmal auch ... oder wie wäre es beizeiten mit etwas Verbindlicherem – vorzugsweise rund und mit kleinem bis mittelgroßem Stein darauf?

Zufrieden werfe ich meinen Kopf in den Nacken und schaue in den Himmel. Der Ostwind lässt die Schleierwolken über meinen Kopf hinwegtreiben und bläst sie auf die offene See hinaus.

Gedankenverloren verfolge ich die wilden Formationen und beobachte, wie eine besonders dichte Wolke kurz die Sonne verschluckt, bevor deren Strahlen sich wieder ihren Weg zur Erde erkämpfen.

Papa hat es immer gewusst, denke ich bei mir, und erinnere mich lächelnd an den längst vergangenen gemeinsamen Urlaub, der mir plötzlich mindestens so wertvoll erscheint, wie ich ihn damals verflucht habe: Dahinten wird's schon wieder hell! Mann muss nur fest daran glauben (ja Papa, es möglichst oft laut zu wiederholen, kann auch nicht schaden), ein bisschen Geduld mitbringen und Menschen haben, die einen so lange wärmen, bis die Sonne wieder scheint.

Genau das war wohl auch Knuts Gedanke, als er mir riet, mich der Insel zu öffnen. Sylt würde mir gut tun, wenn ich nur darauf vertraute. Gelassen und geerdet.

„Krasser Scheiß", bringe ich es in Stines Worten auf den Punkt, und mir ist, als zöge auch in mir der Himmel auf, und auf einmal sehe ich ganz klar:
Ich, Danni Fischer, Vollzeit-Hoteldirektorin, Teilzeit-Spinnerin und nunmehr ein kleines Stück der Welt schönster Insel, bin endlich angekommen.

Ina Sprotte, geboren 1982, lebt und liebt mit ihrer Familie auf der Sonnenseite der Kieler Förde. Als Tourismus-Betriebswirtin ist sie beruflich seit über zehn Jahren im Schleswig-Holstein-Tourismus aktiv und verarbeitet ihre Erfahrungen in ihren Werken als waschechtes Nordlicht regionaltypisch: angenehm bodenständig und mit der nötigen Prise Ironie.